谨此

献给新中国

六十华诞

《情系郁江》编委会

决策科学
建设高效

为张鹏程诺题 杨天然

汤涛题字

王坤元题字

原恩施州州委书记汤涛在龙桥水电站
工程开工典礼上讲话

原利川市市委书记
杨天然在龙桥水电站开工典礼上致词

原利川市市长
孔祥恩在龙桥水电站开工典礼上致词

原利川市常务副市长
李义在首台机组发电庆典仪式上致词

利川市郁江流域水电有限责任公司董事长
王坤元在龙桥水电站工程开工典礼上致词

中国水电建设集团十五工程局
总经理徐中秋作施工承诺

汤涛与湖北大禹公司党委书记谈云波亲切握手

孔祥恩(左)与王坤元(右)同时启动龙桥水电站导流洞贯通启爆装置

利川市郁江流域水电有限责任公司总经理冉启月(右1)
在龙桥电站向州、市领导汇报机组运行情况

恩施州电力总公司副总经理
欧阳俊(中)在龙桥水电站招投标会议上

孔祥恩、刘定学、金德钧、王坤元等在龙桥水电站选址现场（一）

孔祥恩、刘定学、金德钧、王坤元等在龙桥水电站选址现场（二）

湖北省水利水电勘测设计院副院长韩翔（左3）和
副总工程师吴大军（右3）在龙桥工地现场

王坤元（右1）作库区移民调查

龙桥水电站安全预评价报告评审会

恩施州移民局局长姚茂易（中）走访移民安置户

工程利益相关方咨询会议

湖北省水利水电勘测设计院龙桥设计组
负责人李海涛(右2)向专家组汇报设计方案

总经理冉启月(右4)主持召开年中工作会

利川市电力公司经理胡启成(右2)陪同
湖北省公司农电工作部主任万青(左2)考察

龙桥水电站项目部表彰安全生产先进单位

在首届龙桥水电站篮球友谊赛中，项目部代表队荣获第一名

第三届“龙桥杯”男子篮球赛开幕式

序

金风送爽，丹桂飘香。在举国欢庆新中国成立60周年的大喜日子，由利川市郁江流域水电有限责任公司与利川市诗词楹联研究会合力编著的《情系郁江》一书终于和大家见面了，这是一件值得庆贺的喜事。

说起郁江，我们倍感亲切和自豪。因为它是利川人民的母亲河之一。它位于利川南部，源于佛宝山，境内干流达90km。它就像一条青龙，腾挪在利川南部的崇山峻岭之中，时而行云，时而播雨，滋润着境内1 498.2km^2的土地。

郁江是一条个性独特的江流。由于我国整体地形呈西北高东南低的态势，因而众多江河皆由西向东流，古人曾感叹："百川东到海，何时复西归"即可证明。而郁江却不然，它偏要由东北向西南"倒流三千八百里"之后，才在彭水县城北一头扎进乌江。它将自己独立特行的狂野性格注入到生活在这块土地上的土苗女儿的血液中，使他们变得坚强而豪放。在漫漫的历史长河中，特别是在近现代的社会斗争中，郁江孕育了不少的土家英雄，如周念民，就是其中之一员。贺龙当年十进十出利川，其斗争活动也集中在郁江流域。而当年跟随贺龙闹革命的利川人也数此地为最多。

郁江是一条清秀壮丽的江流。在它的两岸，奇峰耸峙，沟壑纵横，千姿百态，目不暇接。据有关资料介绍，仅利川一段流程中，就有二泉、三池、四寺、五峡、六滩、七塘、八洞、十六桥、十七渡和三十六溪涧。其主要景观有：石门犀牛望天心、石马菁、砥柱石龙桥、天仙洞、玉笔石、双峰山、天光一线、百丈峡、公母岩、高洞岩和忠路温泉等。如果你到郁江来旅游，可到佛宝山悟禅，可到高洞岩玩瀑，可到后江河沐浴，可到乌洞坡品茶，可到公母砦赏雨，可到石龙桥看云，可到城池坝怀古，可到峡口岩观猴，可到百丈峡放舟……所到之处，人游画中，恍如身在梦里，定会使你流连忘返，赏心悦目。

郁江是一条多情大方的江流。它不仅外表美丽，而且情热无穷，奉献无私。在郁江流域，物产丰富，品质极佳。它的源头佛宝山，就盛产黄连、天麻、人参、莼菜。特别是莼菜，更是声名远扬。由于佛宝山远离城镇，绿水青山，鸟语花香，人烟稀少，几乎没有任何工业污染和生活污染，又广得清江、郁江源头活水滋养，使得此处莼菜品质极高，国际上称它是“20世纪生态莼菜”，国家农业部授予它绿色食品称号，其产量达到每年1 000余吨，成批销往日本等国。此菜不仅味道可口，营养极高，而且还具有“防衰抗老，防癌抗癌”的药用价值。由于这些原因，它为利川赢得了“中国莼菜之乡”的美誉。其次应数小河水杉林。水杉是植物学界公认的最为珍稀的物种之一。由于第四纪冰川的影响，此物种在世界其他地方早已绝迹。它能在小河、谋道一带存活，与郁江流域的特定地理环境不无关系，换句话说，是郁江一带的山川沟壑的滋养卫护，才使得这一物种在地球上没有彻底消失。不仅没消失，而且仅小河一带的水杉母树就有5 700株之多，这不能不说是一个奇迹！再次如乌洞奇茶，为皇家贡品，得朱皇咏赞；如忠路洋鱼，为华筵珍馐，得众口夸耀。仅此几项，足可说明郁江对家乡、对中国、对世界的贡献之大。然而，郁江这条青龙，留给我们的宝贝，又岂止这些？

郁江是一条文化底蕴丰厚的江流。先秦时期，郁江流域为巴子国腹地。巴民族是一个能歌善舞、能征善战的民族，在武王伐纣的队伍中，有一支边歌边舞边战斗的巴国军队成了一支锐不可挡的勇毅之师。在楚国的都城，有人唱起“下里巴人”，应者多达上千人，可见巴文化的影响之大。秦统一中国，巴国随之灭亡。但由于郁江流域多高山巨壑，相对闭塞，虽被划入附近郡县管辖，但仍然是“天高皇帝远”，影响有限，因而保留巴人传统文化因素仍然较多。秦灭亡后的1 000多年历史中，虽历经朝代更替，风云变幻，行政也由郡县到土司再到归流，然而郁江流域的乡风民俗，仍然在传承着。跳丧、哭嫁、说席、挂红、唱竹枝、舞摆手、喝咂酒、吃合渣、住吊脚楼、架风雨桥、祭白虎神等，仍带有代代相传的痕迹。只是民族称谓有变化，原称巴人，接称蛮左，后称土家、苗家。而巴文化、土司文化、土家苗寨文化，在郁江流域共同演绎成独具特色的郁江文化。

郁江也是一条有待进一步开发的江流。据相关资料介绍，利川可供开发的水电资源约45万kW，而郁江已计划开发的13个梯级电站的装机容量可达24万kW，已占市境水电资源的一半以上。

利川市郁江流域水电有限责任公司成立于2005年4月，主要业务就是充分利用郁江资源作综合梯级开发，从事水电开发、发电销售、旅游服务等，从而推动地方经济的发展，提高当地老百姓的生活质量。

公司成立以来的第一件杰作就是龙桥水电站的建成投产。这个水电站工程浩大，装机容量为计划中13个梯级电站之最。技术要求高，施工难度大，但自开工建设以来，在市委、市政府正确领导下，在当地政府的大力协助下，公司员工团结一心，奋力拼搏，仅用了不到23个月时间，就实现首台机组并网发电并投入试运行，被业内誉为“龙桥速度”。而在建设中形成的“科学决策、创新管理、团结拼搏、无私奉献”的龙桥精神，也激励着我们在后来的开发建设中更加勤奋地工作，将之发扬光大。

现在，公司的第二件杰作——云口水电站也将在国庆期间竣工投产。原先已建成的长顺水电站的综合自动化改造也已经完成。后江河电站已投产营运多年。等到将来峡口塘电站、忠路电站、木坝河电站、新建溪电站、溪木坝电站、乌泥电站、荷花电站、观音桥电站、毛滩河电站一一被开发出来，那么，郁江流域这片美丽的江山将会更加灿烂辉煌，而郁江给我们的恩赐也将更多更多。

我们——作为饱吮郁江乳汁的人，除了要装扮它的容颜使其更加美丽，开发它的潜能使其作更多的贡献以外，还要用我们手中的笔，来抒发对郁江最深挚最悠长的情感。这本集子中的诗文，就是我们这种内心情感的表述。

这本集子分三个部分。第一部分有一篇赋，主体是利川市郁江流域水电有限责任公司相关情况介绍，读之使我们更能体会郁江风采。第二部分是格律诗词，主要是一群歌者对郁江的吟颂，读之使我们更能体味郁江风骚。第三部分是散文新诗，主要是郁江儿女表达他们对母亲河的深爱，读之使我们更能感受郁江风情。

由于时间仓促，加之编者水平也有限，因而这本集子还有很多缺陷。但是，我们的心是热的，血是烫的，情是真的。就让我们将这份心、这份血、这份情献给读者，献给家乡父老，献给关心我们的朋友，献给正在走向繁荣富强的伟大祖国吧！

利川市常务副市长 刘[illegible]

2009年10月1日

目录

郁江风采

郁江风骚

六秩畅咏

电韵飞歌

缅怀先贤

轻舟漫吟

郁江风情

郁江风采

美丽的龙桥峡谷

龙桥水电站全景

云口水电站全景

雨中遊云口大壩寶山信筆

雲口風光水浪清
身沾小雨倍添情
漫遊大壩論今古
鷺動山鶯唱宿林

己丑秋月 化鸞書

奇料阴沉木 塑雕龙戏珠
厂厅高悬挂 企业展宏图

郁江赋

李天恩

楚鄂之西陲，巴渝之东隅，叠叠群山之怀，浩浩云霞之中，俯瞰如线，盘曲迂回，有河清丽，是为郁江。

郁江兮蜿蜒，源远兮流长。源出福宝，汇于长江。支流若树，汇千万条溪流而聚威力；干道如铁，斩百十道山岭而奔前程。切山而造峡，峡峡尽若巫峡秀；淤谷乃成川，川川皆比洛川优。连绵兮倒流三千八百里，甘润兮滋养百族千乡人。夹岸簇群峰，错落参差万里翠；狂流入孤峡，陡峭逼狭一线青。霞光时映秋江水，一水如璧；轻岚常掩春山面，百面生娇。暮霭凝霜，霜痕因壁短；晓月带露，月影随江长。晴好之日，水似娴女饶清靓；霪雨之际，洪胜烈龙逞猛威。春冬浅薄，碧塘青滩偶映雪；秋夏汪洋，黄沙白浪时翔鸥。长松掩绮户，薄雾绕晴峦。佳景可诱神仙，妙意堪染心魔。七星夕照朱岩醉，双砦晨烟白石妖。福宝山育万顷林海，木坝河竖千丈崖壁。龙桥坡长，长坡入云拂星斗；云口坝短，短坝簇江聚人家。龙渠立古司，赖江流之利而成胜衢；沙溪著新史，借山川之秀而造名乡。文斗兴地利，长顺续人和。巴公遗裔改河山，务相精神结富饶。

物华阜阜，宝地丰丰。河野多奇珍，银杏金莼鸡爪莲；山川富良田，黄橘白米雾洞茶。梯田次第开宝镜，依山就谷；林海横斜掀壁涛，纳地吞天。橘林盈翠，稻田铺金。峡江舟影俏，几声渔歌唱富庶；平谷炊烟白，万家灯火说升平。崇山峻岭，几许豺狼曾当道；狭路险关，一方霸主竟遮天。贺元帅辗转诛豪强，郁江有幸载虎驾；周团长智勇拔税卡，青山无语驻英魂。时移而斗转，序更而纪新。郁江流域，大兴改革之举；龙渠上下，高奏开放之歌。崇尚科学，沿岸人民行壮举；兴修水利，郁江公司树大旗。马达声声脆，机器件件强。开山造路，路若玉带沿山走；截河成湖，湖如宝镜顺河长。野谷玲珑卧电站，高岭巍峨树铁塔。铁轮借水旋，亿度电能郁江水；银线随天远，万家欢乐拓者天。长顺忠路多成就，龙桥云口铸精神。江流入人意，郁江四野灯火旺；电力送山乡，利川百业成果丰。感念郁江，铭记开拓。假天地之造化，赖民众之经营，发江流之潜能，成生活之小康。

回首当年，山洪烈烈卷沃野；放眼而今，渠水悠悠润绿田。高峡平湖，始信人力铸奇妙；微言浅语，唯谢时代造辉煌。一赋抒诚意，千字证心迹。异时寻好句，且去凤池夸。

龙桥精神感天地

王仲文

在鄂西南绵绵青山的深处，傲然绽放出一朵水电奇葩，它就是利川市龙桥水电站。它向人们展示着一个中型水电站建设史上的奇迹：从前期工程开工，在不到两年的时间里，就建成了装机 6 万 kW、大坝高度 91m 的龙桥水电站，首台机组于 2007 年 5 月 24 日并网发电，成功投入运行，其中，主体工程施工期仅 18 个月，被业内誉为“龙桥速度”。

龙桥水电站的建成投产，是坚忍不拔、自强不息的山区人民实现的又一个创业之梦，它承载着土苗儿女勤劳致富的热切期望，它抒发了恩施电力工作者敢为人先的无限豪情，也渗透着水电建设者们不畏艰难、勇往直前的拼搏精神。龙桥水电站的建设过程，是一幅用无数人心血写就的恢宏的历史诗篇，也是一曲由无数感人故事谱就的壮美的英雄赞歌，在如诗如歌般的辉煌成功的背后，凝聚着“科学决策、创新管理、团结拼搏、无私奉献”的“龙桥精神”。

回顾龙桥水电站建设过程中的一页页珍贵的历史画面，它真实地再现了工程建设者们克难奋进、战天斗地的拼搏精神，它记录了工程建设实现政企共赢、共谋发展的历程，也保存了工程建设过程中的许多感人的瞬间。它回顾了省、州、市各级党委、政府及相关部门对龙桥水电站工程的全力支持，再现了全州电力系统的大力扶持和倾情援助；展现了郁江公司作为业主方的胆识、谋略和工程管理理念，表现了参建各方精诚团结、同心协力的工程建设和谐氛围。

龙桥水电站的建成，是恩施州水电工程建设史上又一座丰碑，也是利川市经济发展史上的重要事件，让我们用无比崇敬的心情，向关心和支持龙桥水电站建设的各级党委、政府、相关部门和社会各界表示感谢，向全体工程建设者们表示感谢，并以此作为龙桥水电站工程建设这段辉煌的历史永久见证！

浅谈业主在工程建设管理中的核心作用

冉启月

一个工程建设，业主是投资主体，理应承担起工程全面管理的责任。笔者认为：一个工程建设效果的好坏，业主起着不可替代的核心作用。如何发挥这个核心作用，在于业主自身的认识水平和管理理念，要突破“片面强调投资控制，轻视宏观决策管理”的传统思维方式；要克服建设各方“只顾自身眼前利益，缺乏服务大局意识”的通病；要站在工程全局的高度，深入工程建设各个方面，真正履行好业主职能；要有明确的指导思想，规范的管理机制和精细的控制手段；还要有巧妙的协调方法和灵活的工作方式。不仅要正确处理安全、质量、效益的关系，对工程建设进行宏观控制，还要坚持高标准、严要求，采取有效措施，必要时采取超常规措施，对工程建设实行全方位、全过程的建设管理，实现参建各方“共赢”局面。

2005 年 4 月，湖北省利川市龙桥水电站建设业主与地方政府签订开发协议，2005 年 9 月主体工程开工，工程建设中克服了前期准备时间短、地质条件复杂、对外交通十分困难三大难题，预计 2007 年 5 月 1 日实现首台机组并网发电。业主在工程建设管理方面充分借鉴了同行业先进管理经验，同时结合本工程实际，采取了一些特有的做法。工程建设速度被誉为“龙桥速度”，在业主强有力的组织下，建设各方共同创造了“科学决策、创新管理、团结拼搏、无私奉献”的“龙桥精神”，受到社会各界好评。

笔者作为工程投资管理者和工作者之一，参与了龙桥水电站建设全过程，结合个人在工程建设管理方面的一些体会，谈谈业主在工程建设管理中的核心作用。

一、实现对工程投资、安全、质量的有效管理

(一)控制投资促效益

一个以发电为主的水电工程效益的好坏,无非取决于两个方面:一是电价,二是成本费用。电价是我们不能左右的,电价体制改革后更是如此,我们所能做的就只有在成本费用上想办法,成本费用的波动对工程财务分析十分敏感。影响工程投资效益的因素归纳起来有4个方面:一是工程设计方案,其影响主要体现在工程施工费用上;二是工程工期,其影响主要体现在收入和财务费用上;三是工程招投标及合同管理,其影响主要体现在工程结算和索赔上;四是工程现场管理,其影响主要体现在施工组织、现场签证等方面。上述4个因素中,当设计优化已经达到合理程度时,影响最大、最值得去争取的应该是工程工期。

工期的延迟和提前对固定资产投资影响很大。就龙桥水电站工程融资情况而言,工期每延迟或提前1个月,固定资产投资就会增加或减少约140万元。工期对效益的影响还体现在另外两个方面,一是发电收入,二是税收。工期每延迟或提前1个月,按电价0.36元计算,折合至全年平均水平,发电收入就会减少或增加500万元,税收就会减少或增加85万元。龙桥水电站设计总工期30个月,计划于2005年5月开始准备,2007年7月1日第一台机组发电,2007年10月工程全部结束。准备工期实际为2005年6月开始,第一台机组发电日期为2007年5月1日左右,提前工期3.5个月,增加收入及节约投资合计2 541万元。龙桥水电站建设伊始,业主就确定了尽最大努力提前工期的目标,始终把工期控制作为重中之重来抓,实际执行中响亮地提出了“工期就是效益,只要有利于工期提前,什么事情都可以商量”的理念,这个观念一直贯穿工程建设全过程。工程建设时,在各标段施工中,业主不同程度地追加了一些赶工及措施费用,目的也是为了提前发电,据统计,用于这方面的支出约285万元,而换来的效益却是2 541万元。

由于水电站工程施工复杂,受自然条件制约和外部环境的影响较大,施工实施阶段常常会发生与招标文件、合同文件不一致的地方,加上承包商以低价中标,靠加强索赔和变更来盈利,因此,工程招投标、合同管理及工程结算在投资控制上的作用千万不能被忽视。凡是能够通过招标方式确定合作方的事项,都应该坚定不移地进行招标。要根据不同工程特点尽可能完善各类合同条款,合理确定对可能

引起索赔的因素的解决办法减少索赔理由；要根据可能发生合同外工程量的工程特点，明确合同外工程计量、计价办法；对于计量困难或没有由设计方设计的各类临时工程，应采取包干方式进行管理，减少现场管理、计量和结算困难。在工程结算管理上实行“量价分离”原则，做到既有分工协作、又有相互制约，工程量必须实行施工、监理、业主三方共同签证才能有效，重要工程量还必须会同设计方共同签证，工程量签证必须及时，严禁工程量签证单方“写回忆录”，业主应不定期组织对工程量签证的复核，确保工程量签证工作做到公平、公正、公开。

(二)严格管理保安全

安全是工程的生命线，在工程建设中，安全管理是一切管理的前提，没有安全，就谈不上进度和质量，出现安全事故，一切工作都将被否定，只有狠抓安全，才能确保进度和质量，才能最终获得工程建设经济效益和社会效益的双丰收。在安全管理上，业主要发挥重要的指导、检查和监督的职能，要牢固树立“安全无小事，责任重于泰山”的指导思想，切实贯彻“以人为本，安全第一，预防为主”的方针，要督促参建各单位在安全管理方面保证投入、建立体系、制定制度、落实措施、严格执行，要有明确的职责规定和严明的奖惩制度。

在龙桥水电站安全管理上，充分体现了一个“严”字，主要措施有：一是将安全管理纳入合同奖惩条款，在主体工程施工合同中明确规定，因安全生产责任事故死亡1人罚款50万元，重伤1人罚款20万元，促使施工单位保证安全生产投入，增强“安全就是效益”的认识。二是监督安全生产投入情况，业主每季度检查一次各施工单位安全生产资金投入情况，若发现安全生产资金投入达不到其完成产值中安全措施费用定额含量，节余部分将在工程结算中扣除。工程范围内涉及公共安全的重要安全地段由业主出资完善安全生产设施。三是建设各方健全安全生产保证体系，业主设立专职安全管理部门和人员，监理单位设专职安全监理工程师，同时规定业主工程建设管理部和全体监理人员人人都是安全员，都要对分工负责的施工面的安全生产负主要管理责任。四是完善各项规章制度，明确奖惩措施，做到奖惩有据可依。五是由业主牵头组织参建各方有关人员进行安全知识培训、考试，并由安监部门颁证上岗。六是加强定期、不定期安全生产大检查，加强日常检查督办和整改力度。

通过上述主要措施，工程施工安全管理取得了较好效果，大坝标段、机电及金属结构安装标段在上下交叉作业多、地质条件复杂、工期十分紧张的情况下没有发生一例人身死亡和重伤事故，这是本工程工期和质量得以保证的前提，通过业主的强化管理，使施工单位真正地理解了安全、质量、效益的辩证关系。

（三）过程控制保质量

要确保工程质量管理目标的实现，业主也要充分发挥出核心作用，但并非事必躬亲、亲力亲为，而是要建立一个长效的控制机制和规范的管理体系，既让参建各方都有所作为，又做到业主对每一个环节都能把握，让工程整个过程都处于业主的有效控制之下。这需要业主采取有效措施保证参建各方严格履行合同约定，严格实行质量一票否决权的制度。坚持规程规范、技术要求和质量标准。严格坚持关键项目、部位和工序的监理旁站，严格工序验收签证和单元工程质量等级评定制度，促使建设四方团结一致，共同努力，坚持不懈地做好施工过程控制。

龙桥水电站工程建设过程中，业主全面把握住施工、监理、设计等各方的职责，充分协调各方关系，在工程建设过程中不断地优化组织体系，不仅控制过程，而且验证结果，做到对各种因素的预防和管理，对一些工程关键问题、重大施工方案等，及时组织各方进行研究，使工程建设的全过程始终处于全面受控的状态。在对待质量缺陷处理问题上，业主采取了充分授权给监理单位，提出了“质量问题监理单位百分之百负责”的指导思想，坚决杜绝施工单位在质量管理问题上找关系、走后门，适时开展质量管理活动，如“质量管理月”、“质量管理回头看”等，促进质量管理水平提高和及时查找质量管理隐患，通过对一些质量隐患的查处，促使施工单位认识到业主坚持创建优质工程目标的决心，从而自觉接受监督检查。

业主授权监理单位进行质量管理，业主工程建设管理人员主要是加强对监理人员的监督制约，既要防止监理人员不作为造成质量缺陷或事故，又要约束监理人员借故刁难施工单位，发现问题及时公正处理。质量隐患或事故发生后，不仅要对施工单位进行处罚，还要对监理单位按照合同约定进行处罚，以增强监理单位质量管理责任意识。

二、建立参建各方团结协调工作机制

（一）以设计为龙头提供技术保障

设计是工程的灵魂，工程能否如期建成投运，保证质量，节约投资，是否取得好的效益，设计是关键性的环节。勘察设计单位的专业技术水平、质量管理措施、技术服务意识在很大程度上决定了一个水电工程建设项目的成败，因此，我们说勘察设计在工程建设中起着龙头作用。一个工程实施，就是将设计蓝图变为美好现实。业主的想法、专家的意见、监理和施工单位的建议最终都要通过设计团队来实现。作为业主，要充分重视和运用好这个"龙头"，不仅要把工程设计当作减少投资、节省费用的关键环节，还要把设计团队视作工程全面控制的重要生力军，要给予宽松的工作环境，要努力让这个"龙头"活起来。

选对一个优秀的设计项目经理和设计团队对保证工程设计质量至关重要，对工程能否顺利进行影响巨大。优秀设计项目经理一要专业技术水平高，能够做出优秀设计方案，优化分项工程设计；二要职业道德好，服务态度好，保证建设各方合作顺畅，保证不因设计图纸提供不及时影响工程施工；三要有一定的组织领导能力，能团结项目组各专业勘察设计人员，使各专业紧密配合，少出差错，减少变更；四要有实际设计施工工作经验，能够结合施工优化设计方案，指导工程施工。

龙桥水电站建设过程中，业主始终注意发挥出设计团队的"龙头"作用，给设计团队一个宽松的环境，对设计成果给予充分的肯定和运用。我们让设计工作贯穿于工程建设的全过程，从立项、选址开始就重视勘察测量、规划设计，收集工程建设所需的基础资料，为工程建设决策提供依据；项目确定后，以勘察设计的成果作为基础，进行方案论证及按优秀设计方案进行设计；设计完成后组织进行图纸会审和技术交底，并处理在施工中出现的与勘察设计有关的问题；设计项目经理始终对指导工程施工和管理发挥重要作用。建立专家库和技术委员会，对于一些重要工程阶段和重大设计方案，及时邀请和组织专家进行研讨、咨询、论证，充分发挥专家智囊团作用，并大力开展科学研究试验，如委托武汉大学进行了碾压砼配合比试验，溢洪道水工模型试验，压力钢管调保计算，左坝肩稳定三维有限元分析等，使得工程重大设计方案更加合理，重要分项工程设计更加优化。

好的规划、设计可以节省工程投资，龙桥水电站工程因方案优化节约投资约 3 500 万元，在施工过程中因设计优化节省了工程成本约 500 万元。

(二)以施工为中心建立服务型团队

以施工为主体，业主首先要能对施工单位项目部团队、机构及人员进行有效控制。要选择有能力、有经验、讲信誉的施工单位，单位领导要在人力、物力、资金上全力支持施工项目部的工作；要有一个好的项目现场管理团队，既要有优秀的项目经理、副经理和总工程师，还要有一批中层骨干和优秀施工队长；要有一大批施工经验丰富、专业的工人队伍，有一批工程计量结算、工程签证、机电维护、物资供应、后勤管理专长的基本管理队伍。以施工为主体，业主还要能站在全局高度，正确处理合同、责任及工程整体利益的关系，在遇到一些比较棘手、不能预见或超出常规的事件时，充分调动参建各方资源，共同为工程施工服务，共同克服困难，这样才能避免贻误战机造成不可挽回的损失。

工程建设管理目标的实现，落脚点在施工单位，任何一个工程建设说到底都是施工单位干出来的，施工单位是工程建设的中坚力量，我们的一切工作都要围绕工程施工展开，为施工单位服务就是为工程建设服务，要把一切工作的落脚点放在工程建设的实际需要上。对于这一点，业主要有明确的认识，以这一认识为出发点，突出良好的服务意识，并不断采取新举措提升服务水平。要主动了解施工困难，要认识到施工困难就是工程困难，工程困难就是业主自己的困难，必须尽全力去解决，深入一线处理工程施工中遇到的问题，切实保证施工顺利进行。做到“战斗在前线、服务在前线”，要想施工单位之所想，急施工单位之所急。在工程重要阶段和紧急时刻，业主更是要主动为施工单位排忧解难，要与施工单位每天 24 小时同吃同住同劳动，要求施工单位必须做到的，业主和监理单位自己必须也要做到，特别是业主，更要身先士卒，艰苦奋斗，吃苦耐劳，起到模范带头作用。这方面也是业主核心作用的重要体现。

现实社会中，常常出现“业主唯我独尊、监理有权有势、设计高高在上”的现象，施工单位经常处于被动地位。龙桥水电站开工不久，业主就及时提出了“以设计为龙头、以监理为保证、以工程施工为中心、业主全力搞好服务”的工程建设管理理念，着重强调施工单位的主力军地位，着重强调建设服务型业主的重要性。在工程建设过程中，业主主动在施工环境、材料、设备、资金及员工生活上给予大量关心和帮助，对设计单位、监理单位也都提出相关要求，每逢节假日便开展一些联谊及送温暖活动，施工单位遇到困难，业主及时深入工地和基层了解情况，协调参建各方关系，全力以赴伸出援手。应该说，龙桥水电站工程业主在这方面起到了很好的表率作用，也正是业主这种服务理念，很好地营造了龙桥水电站工程参建各方“万众一心、精诚团结、共同拼搏、荣辱与共”的建设氛围，龙桥水电站建设者们心往一处想、劲往一处使，增强了理解沟通，增进了友谊，建设各方共同推进了和谐工程建设，也保证了工程建设管理目标的实现。这就是“龙桥精神”的具体体现。

（三）以监理为保证实现精细化管理

现代水电工程建设中，如何发挥好监理的应有作用，真正使监理承担起职责，工作出效果，这是业主需要正确把握的。这中间有一个度，若对监理控制得太紧，监理作用发挥不出来，则达不到管理效果；若对监理控制得太松，容易在施工方和业主间出现断层，则影响整个工程进程。在龙桥水电站建设过程中，业主较好地把握住了这个度，既给予监理以工程建设管理充分的自主权，以监理为保证实现了过程控制，让监理成为工程精细化管理的主体；又始终与监理保持着严谨的合同关系，严格各项签证的审核、单元工程、单位工程的验收等，使业主的指导思想和管理目标落到了实处。

项目总监自身的素质对工程建设监理的效果至关重要。总监是现场监理机构的第一责任人，总监既是监理工作的组织者又是执行者，责任重大。因此，对总监人选的综合素质要求很高，职业道德水平要好，作风要过硬，要有较强的组织协调能力。除此之外，还要有一批具有较高的专业技术水平、有较强的责任心和任劳任怨精神的监理工程师和监理人员。

要挑选技术力量强、专业配套齐全的监理单位承担工程监理任务，督促其建立健全规范的内部机构和管理体制，明确规定监理的各项工作职责，给予主控权，采取事前控制、事中检查、事后把关的质量控制方法，对重点部位实行重点监理，对关键工序实行旁站监理。在工期控制和工程投资控制方面，充分发挥监理的作用，坚持“以承包合同为依据，单元工程为基础，施工质量为保证，量测核实为手段”的原则，防止对工程量的重报、虚报和漏报，严格工程计量支付工作，充分鼓励监理人员利用监理技能提出合理化建议，节省工程投资。

三、为工程施工创造和谐社会环境

（一）积极寻求各级政府的关心和支持

开展大中型水电工程建设，作为业主方，必须主动协调，多方出动，尽最大能力寻求各级政府的关心和支持，要加大宣传力度，努力提高项目的知名度，要上下沟通，取得各方面的重视，博取多方面的帮助。业主要充分认识到这一点的重要性，把握与政府协调沟通的原则和艺术，对内、对外，对上、对下，横向、纵向都要有广泛的联系，要做到相互理解，才能得到相互支持。

龙桥水电站建设的顺利进行，与恩施州、利川市两级党委、政府的高度重视，省、州、市各级相关部门的大力支持是分不开的。州、市两级政府将龙桥水电站列入重点建设项目之一，主要领导亲自抓，许多领导时刻关心龙桥水电站建设情况，多次召开专题会议，解决工程建设中的有关问题，在工程社会治安综合治理、对外交通、材料供应等诸多方面，都给予了支持和帮助，在工程进行过程中，许多政府领导都到过工地进行检查指导，过问了解工程建设情况，协调解决存在的问题和困难。工程建设以来，业主多次得到了州、市两级政府和有关部门的表彰，这些都极大地促进了工程的顺利进行。

（二）促进当地政府、部门与业主共同参与工程协调

搞水电工程建设，在寻求政府及部门支持的基础上，还要与当地政府及部门密切合作，在各方面争取他们的配合，要努力建立一种长期的工作机制，让当地政府、部门与业主一起，共同参与到工程协调及各项管理事务中，要成立相关的组织机构，组织专门的工作队伍，这样才能克服一些相互推诿、人浮于事的现象，提高工作效能，使工程建设各项工作得到顺利推进。

龙桥水电站工程在完成手续报批、征地移民补偿、维护施工环境等各方面，都与当地政府及相关部门建立了广泛的工作联系，组织了专人，成立了工作专班。利川市公安部门批准设立了龙桥水电站工程警务区，保护施工治安环境，帮助协调解决各种突发事件；利川市政府电力建设办公室负责征地移民及协调工作领导，沙溪乡政府成立了由乡政府、土地管理、林业、财政、公安等各部门组成的协调专班，并抽出一位副书记专门负责龙桥水电站征地移民协调工作，各方团结协作、务实工作，为工程建设倾注了大量的心血，面对超常规工期计划给征地移民协调工作带来的巨大困难，做了大量工作，有效维护了工程建设的综合环境，全力保障了工程的顺利进行，完成了超常规的协调工作。

（三）结合工程需要与当地民生建设创建和谐工程

工程的顺利进行，离不开当地老百姓的理解和支持，老百姓的理解和支持能为工程建设创造一个和谐的社会环境，同时为业主和参建各方赢得良好的声誉，减少工程施工中的阻碍和困难。国家提出构建和谐社会，大力关注民生，在工程建设过程中，业主承担起这一责任，也会进一步获得各级政府和人民群众的认同和支持，进一步为工程建设创造较好的外部环境。作为工程业主，要提高对“建一个工程、利一方水土、富一方百姓”的认识，勇于承担社会责任，通过投资当地民生建设创造工程社会效益，这既对当前工程建设有利，又为工程建成后创造了一个良好的发展空间。

龙桥水电站工程建设过程中，业主非常注意加强与当地群众的联系和交流，尊重当地习惯和民风民俗，在当地开展多样的文化体育活动，在进行安全、质量表彰等活动时，不忘对农民工和当地老百姓进行表彰，不定期与当地群众座谈。在龙桥水电站工程建设的过程当中，业主结合工程需要与当地社会发展，为当地老百姓在用水、用电、交通、教育等方面解决了很多实际困难，仅在公路、桥梁、交通隧洞等方面的投资达到 1 000 多万元，为改善利川市郁江流域附近乡镇基础设施建设奠定了良好基础。通过这些工作，使工程建设者与当地群众亲如一家，每逢节假日，许多当地群众都自发地把自家喂养的牲畜和生产的土特产品送到业主和施工单位，表达他们与工程建设者亲如一家的情谊，有的还送来锦旗，有的准备树碑立传，体现了鱼水深情。

随着工程建设的不断进行，工程建设对当地经济的拉动作用已经逐步体现，整个沙溪乡的社会经济面貌已焕然一新，极大地促进了当地的新农村建设，实现了企业发展与社会进步共赢，创建了一个和谐工程。

在龙桥水电站工程建设过程中，业主始终注意充分发挥其主导作用，一些做法得到建设各方的支持与肯定。在建设各方的共同努力下，工程建设进展顺利，同时，对水电开发建设管理方式进行了探索，总结出了一套较为完整的工程投资管理模式和理念。由于认识上的局限性，有些看法和观点只是笔者的体会，谨以此文与从事工程建设管理的同行们共同研究与探讨。

利川市郁江流域水电有限责任公司简介

利川市郁江流域水电有限责任公司成立于2005年4月，由恩施富源实业发展有限责任公司和利川市民源电力有限责任公司共同出资组建，是一家自主开发、自主经营、独立核算、自负盈亏、依法纳税的企业法人。

公司设总经理工作部、计划财务部、生产技术部和水力发电站项目管理部，负责生产经营和工程建设。

公司主要从事水电开发、发电销售、旅游服务等业务。公司远景规划为郁江流域梯级综合开发，全流域拟开发建设电站9个，实现全流域总装机230MW，首期开发龙桥水利水电枢纽工程项目已投产发电，装机60MW，多年平均发电量17 865万kW·h。正在建设的云口水电站，装机30MW，2009年国庆前夕即将并网发电。还将开发建设的水电站分别是：荷花水电站，装机12MW；木坝河水电站，装机12MW；乌泥水电站，装机8MW；观音桥水电站，装机6.4MW；忠路水电站，装机12MW；峡口塘水电站，装机50MW；新建溪水电站，装机2MW。

郁江流域水电有限责任公司自组建以来，在市委、市政府的科学决策下，加强对郁江流域梯级开发的规划和报批，做好工程前期工作，实行流域滚动开发。龙桥水电站工程自开工建设以来，发扬“科学决策、创新管理、团结拼搏、无私奉献”的龙桥精神，仅用了不到23个月时间，装机60MW的龙桥水电站就实现首台机组并网发电并投入试运行，被业内誉为“龙桥速度”。郁江公司作为业主方则以效能管理为先导，坚持业主服务全局，形成了以业主为龙头、施工为核心、监理为保证、建立服务型业主的工作机制，实现了工程安全，质量、进度的可控、在控。

郁江流域的梯级开发推动了地方经济发展，提高了当地老百姓的生活质量。仅以建成投产的龙桥电站为例，一年能增加税费1 000余万元；在工程建设过程中，当地居民参与工程务工等能增加收入200余万元；部分农产品可以就地加工销售，解决了部分农产品销售难的问题，相应增加农民收入；同时又改变了当地居民的居住条件和交通条件，生活质量有较大提高。

郁江公司在水电开发过程中，有明确的指导思想、规范的管理机制、精细的控制手段、巧妙的协调办法和灵活的工作方式，能正确处理安全、质量、效益的关系，对工程进行宏观控制，坚持高标准、严要求，采取有效措施，对工程建设实行全方位、全过程的建设管理，实现参建各方"共赢"的局面。

郁江流域水电有限责任公司将严格按照现代企业管理要求，科学规范管理，倡导"和谐凝聚、卓越创新"的企业精神，坚持"为股东谋利、为员工创收、为社会尽责"的管理理念，追求利润最大化，促进企业快速发展。

龙桥水电站工程

一、工程基本概况

利川市龙桥水利水电枢纽工程位于利川市沙溪乡江口村。坝址距离沙溪乡7.0km,距离利川市城区67km。利川市龙桥水利水电枢纽工程水库规模为三等中型工程。大坝水库正常蓄水位585.0m,相应库容0.237亿 m^3;死水位570m,相应库容0.130 3亿 m^3;校核洪水位588.11m,总库容0.262 5亿 m^3,调节库容0.106 7亿 m^3。流域内多年平均降雨量1 429.2mm,龙桥坝址以上承雨面积878.3km^2,主河道长46.32km,平均比降12.94‰。多年平均流量27.9m^3/s,多年平均年径流量8.8亿 m^3。电站设计总装机2×30MW,年发电量1.693 8亿kW·h。

二、工程建设情况

1.工程批复过程

(1)湖北省水利水电勘测设计院完成了《湖北省利川市郁江河段水电开发规划报告》,湖北省水利厅以"鄂水电(88)025号"文对该报告进行了批复。

(2)2004年7月,利川市水利电力勘察设计院提出了《湖北省利川市郁江龙桥以上流域水电开发规划报告》,恩施州水利水产局以"恩施州水利发[2004]62号"文对该规划报告进行了批复。

(3)湖北省水利水电勘测设计院对《湖北省利川市郁江河段水电开发规划报告》进行修编,提出了将峡口塘水库正常蓄水位由原规划的515m降为468m的方案,龙桥梯级由引水式开发方案变为混和式开发方案。2005年6月,湖北省水利厅以"鄂水电复[2005]111号"文对该报告进行了批复。

(4)2005年6月,湖北省水利水电勘测设计院编制完成《利川市龙桥水利水电枢纽工程的可行性研究报告》。2005年7月,湖北省水利厅以"鄂水电复[2005]111号"文对该报告进行了审查,基本同意报告的意见。

(5)2005年9月,湖北省发展和改革委员会以"鄂发改能源[2005]740号"文对

《利川市龙桥水利水电枢纽工程的可行性研究报告》进行核准，同意建设龙桥水电站；

(6) 2005 年 12 月，湖北省水利水电勘测设计院编制完成《利川市龙桥水利水电枢纽工程初步设计报告》，湖北省发改委和湖北省水利厅以“鄂水利电复[2006]31 号”文审查批准。

2. 主要建设内容

枢纽工程由碾压混凝土双曲拱坝、坝身泄洪表孔、发电引水隧洞、电站厂房等建筑物组成。按照《防洪标准》(GB50201—94)及《水利水电工程等级划分及洪水标准》(SL252—2000)规定，本工程为中型水库，工程等级为三等，主要建筑物的等级为 3 级，次要建筑物的等级为 4 级。碾压混凝土双曲拱坝采用 50 年一遇洪水设计，500 年一遇洪水校核；电站厂房采用 50 年一遇洪水设计，200 年一遇洪水校核；消能防冲建筑物采用 30 年一遇洪水设计。

挡水建筑物为碾压混凝土双曲拱坝，坝顶高程 589.00m，最低建基面高程 498.00m，最大设计坝高 91.0m，最大中心角86.5°，上游面坝顶弧长 159.68m，坝底宽 22m，顶宽 6m，厚高比 0.23。大坝各高程的水平拱圈中心轴线，均由左、右两段对数螺旋线组成。发电引水系统布置在右岸，由进口建筑物、压力隧洞、调压井、岔洞、支洞(管)等组成，轴线全长2 196.5m。压力隧洞的设计引水流量为67m³/s，以调压井为界，隧洞分为上、下两层，两层之间用斜洞连接，上平洞内径 520～570cm，斜洞及下平洞内径 530cm。厂房位于下游约 2.2km 处的右岸河岸边，厂房内安装 2 台单机容量 30MW 的立轴式水轮发电机组。

3. 工程投资及建设时间

开工时间：2005 年 5 月 7 日。

首台机组并网发电：2007 年 5 月 24 日。

4. 工程主要建设单位

建设单位：利川市郁江流域水电有限责任公司。

监理单位：湖北清江工程管理咨询有限公司。

设计单位：湖北省水利水电勘测设计院。

施工单位：中国水电建设集团十五工程局有限公司(土建)，恩施州水利电力工程建设公司(土建)，湖北大禹水利水电建设有限责任公司(机电金结)，武汉长澳大地工程有限责任公司(大坝安全监测)。

云口水电站工程

一、工程基本概况

云口水电站工程位于湖北省利川市忠路镇城池村、郁江上游左岸的一级支流乌泥河河口。距利川市 62km，距忠路镇 7km。

干流全长 22.64km，控制流域面积 336.7km²。乌泥河河口高程约 586m，河道自然落差 615m。坝址以上流域面积332.3km²，主河道长21.16km。

云口水电站大坝坝高 119m，正常蓄水位为 695.0m，总库容 0.351 3 亿 m³，电站总装机容量 30MW，多年平均发电量 0.92 亿 kW·h。

云口水电站主要由对数螺旋线型碾压混凝土双曲拱坝、左岸洞式溢洪道、右岸发电引水隧洞、电站厂房及屋顶开关站、输电线路、管理设施等构成。工程主要建筑物的设计级别属三等工程中型水库，水库工程即大坝为 2 级建筑物；洞式溢洪道、发电引水隧洞、电站厂房及其变电站等为 3 级建筑物，挡土墙等次要建筑物为 4 级建筑物。相应的洪水标准，水库工程挡、泄水建筑物按 50 年一遇洪水设计，500 年一遇洪水校核；水电站厂房及其变电站则仍按 50 年一遇洪水设计，200 年一遇洪水校核。

云口水电站工程主要由对数螺旋线型碾压混凝土双曲拱坝、左岸溢洪洞、右岸发电引水隧洞、地面电站厂房及屋顶升压站、输电线路等组成。

二、工程建设情况

1. 工程批复过程

2006 年 3 月，利川市郁江流域水电有限责任公司委托湖北省水利水电勘测设计院对云口水电站进行勘测设计。

2006 年 7 月，湖北省水利水电勘测设计院编制完成了《云口水电站工程的可行性研究报告》,2006 年 8 月 29 日,湖北省水利厅以“鄂水利电函[2006]374 号”文对《云口水电站工程的可行性研究报告》进行审查,审查意见同意选定下坝址;同意选用混凝土拱坝坝型;同意采用左岸洞式溢洪道泄洪、挑流消能的方式;同意在导流隧洞封堵段设置控爆堵头,将导流洞改建成放空洞的方案;同意在下坝址建混凝土拱坝,坝基设垂直防渗帷幕,左岸洞式溢洪道直接将洪水泄入郁江干流,通过右岸约 510.25m 长的压力引水隧洞、在大坝下游约 450m 河道右岸建发电厂房的枢纽总体布置格局。

2006 年 10 月,湖北省水利水电勘测设计院编制完成了《云口水电站工程的初步设计报告》,2006 年 11 月 14 日,湖北省水利厅以“鄂水利电函[2006]553 号”文对《云口水电站工程的初步设计报告》进行了审查。

2006 年 10 月,湖北省水利水电勘测设计院编制完成《湖北省利川市云口水电站工程可行性研究报告(初设深度)》,湖北省工程咨询公司进行了评估。湖北省发改委于 2007 年 3 月 26 日以“鄂发改能源[2007]188 号”文对项目进行了核准批复。

2. 工程投资及建设时间

开工时间:2007 年 6 月 4 日。

3. 工程主要建设单位

建设单位:利川市郁江流域水电有限责任公司。

监理单位:湖北清江监理工程有限公司。

设计单位:湖北省水利水电勘测设计院。

施工单位:中国水电建设集团十五工程局有限公司(土建),恩施州水利电力建设公司(土建),湖北大禹水利水电建设有限责任公司(机电安装),武汉长澳大地工程有限责任公司(安全监测设施安装)。

利川长顺水电站工程

一、工程基本概况

长顺水电站工程是郁江流域梯级开发的第一个项目，位于利川市文斗乡长顺坝村，距利川城区 126km。大坝正常蓄水位 408m，总库容 6 833 万 m^3，控制流域面积 1 810km^2，坝型为湖北省第一座碾压砼重力坝，坝高 69m，坝长 279m；设计装机容量 3×10 000kW，设计年发电量12 675万 kW·h，年利用小时 4 225h，工程主要材料消耗：钢材 4 691t，木材 2 415m^3，水泥 53 002t；完成主要工程量：土石方开挖 31.17 万 m^3，各种砼浇筑 24.31 万 m^3。

二、工程建设过程

长顺水电站工程于 1990 年 7 月批准开工建设，1991 年 11 月正式动工兴建，1993 年 10 月由于资金原因被迫停工，1995 年 10 月复工建设，1998 年 12 月首台机组并网发电，1999 年 8 月三台机组并网发电，2000 年 6 月长顺水电站工程全部建成。

三、工程批复过程

1986 年元月，利川市计划发展委员会（以下简称计委）向州计委呈报《利川市长顺水电枢纽工程项目建议书》，州计委向省计委转报项目建议书。

4 月 29 日，湖北省计委批复利川长顺等 5 个水电站进行可行性研究。长顺水电站作为郁江干流在湖北省境内最后一级电站，在 1979 年《湖北省水力资源普查成果》规划基础上，按装机 10MW 进行工作。

1988年9月14日，湖北省计委批复利川市长顺水电站设计任务书。同意建设长顺水电站，装机3万kW，年发电量1.36亿kW·h，总投资暂按6 300万元控制，1989年7月18日，湖北省计委批准长顺水电站新开工建设。

1993年8月30日，国家计委批复《利川市长顺水电站可行性研究报告》。项目总投资15 000万元。

四、工程主要建设单位

建设单位：湖北利川长顺水电有限责任公司。

设计单位：湖北省水利水电勘测设计院。

监理单位：华源水利水电工程咨询公司。

施工单位：葛洲坝集团公司第五工程公司、葛洲坝集团公司基础工程公司（土建施工），葛洲坝集团公司机电安装公司（机电安装），中国水利水电第三工程局机械制造厂（金结制安），葛洲坝集团公司施工科学研究所（安全监测）。

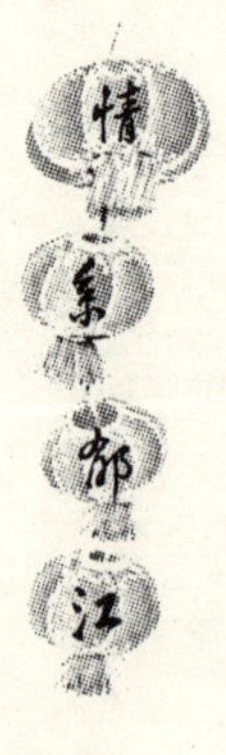

利川市郁江流域水电资源开发规划

一、利川市水电资源分布情况

利川市水电资源可开发总规模约为 45 万 kW，分布情况为：

(1)郁江流域共有 13 个梯级电站，总装机容量 24 万 kW，其中干流有龙桥、峡口塘、长顺 3 个梯级电站，装机容量为 14.5 万 kW；龙桥以上河段有云口、乌泥、观音桥、荷花、新建溪、忠路、溪林坝、木坝河、后江河共 9 个电站，总装机容量为 8.0 万 kW；另外还有毛滩河电站装机容量约1.5万 kW。

(2)清江流域有福宝山、三渡峡、雪照河、大河片共 4 个电站，总装机容量 2.05 万 kW，可开发总装机容量 11 万 kW。

(3)其他流域电站约有总装机容量 10 万 kW，分布于利川市境内各地。

二、郁江流域项目开发建设情况

(1)长顺水电站：已竣工投产，总装机容量 3.5 万 kW，设计年发电量12 670 万 kW·h；2008 年发电量 12 451 万 kW·h。

(2)龙桥水电站：已投产运行，总装机容量 6 万 kW，设计年发电量 17 865 万 kW·h。

(3)峡口塘水电站：根据库区征地移民实物指标调查及方案比选结果，准备对峡口塘河段分二级开发，分别为峡口塘一级电站和峡口塘二级电站，采用二级开发将避开绝大多数人口迁移及大部分农田淹没，同时能保证对河段的水能资源充分开发。其中峡口塘一级装机容量为 0.8 万 kW，年发电量 2 554 万kW·h，峡口塘二级装机容量为 4 万 kW，年发电量 12 869 万 kW；峡口塘电站装机容量合计 4.8

万 kW,年发电量 15 423 万 kW·h。

(4)云口水电站:总装机容量 3 万 kW,年发电量 7 200 万 kW·h,现正在建设过程中。

(5)忠路水电站:设计为引水式,无坝取水,取水口高程1 060m,设计水头405m,装机容量为 2 万 kW,年发电量7 799万 kW·h。

(6)木坝河水电站:坝高 47.0m,总库容 258 万 m^3,装机容量 0.8 万 kW,年发电量 2 253 万 kW·h。

(7)新建溪水电站:设计为引水式,无坝取水,取水口高程为1 158m,设计水头100m,装机容量为 0.2 万 kW,年发电量 679 万 kW·h。

(8)溪林坝水电站:坝高 28.0m,装机容量 0.2 万 kW,年发电量 662 万 kW·h。

(9)乌泥水电站:设计为坝后式,最大坝高为 54.3m,利用水头 52m,装机容量为 0.5 万 kW,年发电量 1 963 万 kW·h。

(10)荷花水电站:设计为引水式,利用水头 193m,拟装机容量为 0.8 万 kW。

(11)观音桥水电站:设计为引水式,坝高 5.6m,利用水头95.5m,装机容量为0.4 万 kW,年发电量 1 878 万 kW·h。

(12)后江河水电站:已建成投产,装机容量 0.1 万 kW。

(13)毛滩河水电站:装机容量 1.5 万 kW。

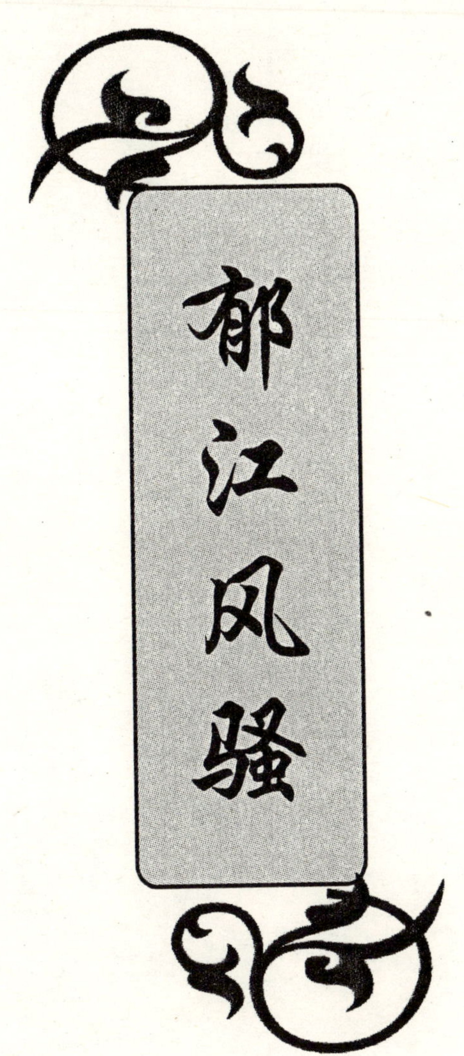
郁江风骚

龙桥水电站

龙桥水电站

大坝夜间施工

杉王兄弟遍清源
數代子孫曾外遷
播向五洲華夏種
環球無處不青山

陳確田詩 己丑 文忠書

天外飛來石一蹬金猴化着
鎮江神蛟龍不敢擡頭望
永葆山川萬代春

己丑年秋
陈雄田

天外飞来石一蹬，金猴化着镇江神。
蛟龙不敢抬头望，永葆山川万代春。

六秩畅咏

值新中国成立六十周年怀念开国领袖

傅尚明

头顶苍圆足履方，枰前论道亦堂堂。
毫挥大块凌曹植，剑倚长空笑霸王。
魂铸中华摧腐朽，元开新纪证沧桑。
国逢六秩思勋业，花种神州遍地香。

家乡巨变

傅尚明

故园莫叹地真偏，猛进腾飞六十年。
泥瓦茅椽成旧事，虹桥琼阁焕新颜。
车如迅豹岚中走，路似游龙云下旋。
更有农家添老趣，步随仙乐舞翩跹。

小城春秋

傅尚明

覆掌能遮旧县城，而今拓展令人惊。
弦绷街道郊村接，栉比楼台云宇升。
市引珍凰千里至，车堆奇货八方行。
欣逢国庆六旬寿，好借长风送锦程。

建国吟

陈雄田

一

十月惊雷震地摇，天安门上彩旗飘。
乌云驱散河山灿，红日萦辉霞岫妖。
四海翻腾摧恶鬼，九州激荡涌春潮。
乾坤扭转新天地，国泰民安尽舜尧。

二

六十春秋转瞬间，国歌回荡响山川。
神州起舞雄鸡唱，日月增辉骏马喧。
剿匪分田农户乐，改天换地庶民安。
一轮甲子春风劲，喜看嫦娥奔月还。

新中国六十华诞礼赞

黄金山

九州豪气贯长虹，华夏腾飞卷巨风。
横截大江著伟绩，收回港澳建奇功。
小康致富孚民望，经济繁荣举世崇。
特色建军强实力，嫦娥奔月遨云空。

庆祝新中国成立六十周年

陈雄田

“三农”巨变

改革春风释冻冰，神州大地降祥云。
承包田土宏图画，播织粮棉锦绣村。
政府掏钱今有补，国家免税古无闻。
一轮甲子新鲜事，百姓轿车开进门。

为中共利川最早的党支部而歌

星星火种可燎原，烧遍云霞红满天。
双庙[①]点灯灯照远，独夫扑火火延宽。
当初中共一支部，今日农村万寿山。
盛世神州频报喜，小康路上驾飞船。

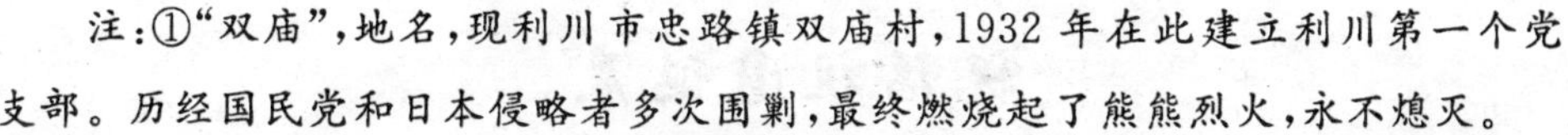

注：①“双庙”，地名，现利川市忠路镇双庙村，1932 年在此建立利川第一个党支部。历经国民党和日本侵略者多次围剿，最终燃烧起了熊熊烈火，永不熄灭。

祖国辉煌六十年

黄金山

中华崛起六旬年，历史长河一瞬间。
金奖频频辉奥运，国旗冉冉舞婵娟。
归宗港澳行双制，奔月嫦娥奏六弦。
擎柱乾坤任地转，龙腾旷世动尘寰。

喜迎六十大庆

黄金山

中华建国六旬年，虎啸龙吟腾九天。
易辙改弦敲战鼓，脱贫致富换新颜。
山寨高歌和谐曲，太空频走宇航船。
捋须倍觉桑榆美，庆幸生辰同一年。

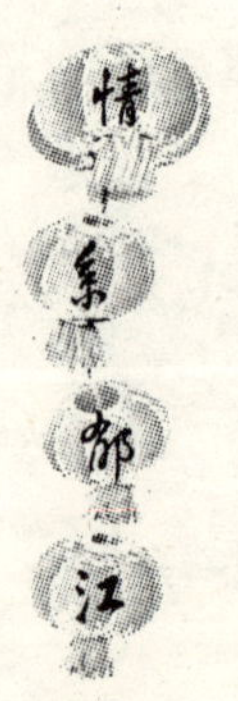

歌唱祖国六十年

黄金山

河海欢腾迎国庆，春秋六十柏松坚。
高瞻远瞩描天地，奇志雄才克险关。
暖雨富民滋万物，顺风强国扬千帆。
一华两制和谐体，喜梦团圆尧舜天。

祝福祖国诞辰

黄金山

诞辰六十正青年，伟绩辉煌满宇寰。
科技航天追欧美，小康落地富民田。
峭壁悬崖公路畅，荒村野岭电灯悬。
民心归附江山固，铁打中华寿无边。

展望神州未来

黄金山

展望前程分外娇，江山代代出英豪。
三山五岳旌旗奋，扬子黄河潮浪高。
探月巡天超旧录，窥星测地闯新标。
如林强国居前首，猎猎红旗万世飘。

新中国建立六十年有感

邱希太

开　国

四九惊雷震九天，瞬间沧海变桑田。
红旗漫卷腾空舞，华夏人民尽笑颜。

前三十年

战士未休追敌寇，权基巩固为民忙。
内防安叛[①]阴谋乱，外御胡戈[②]犯国疆。
天降灾荒三载渡，人为窝斗十年狂。
幸亏沧海导标引，迎着朝阳踏浪航。

注：①安叛，指唐安禄山。②胡戈，指古代北方侵略者胡人。

后三十年

神州遍地舞东风，举目三中醒世雄。
海晏河清人快畅，山明水秀鸟行空。
国强盛世盘根稳，民富殷家顺理通。
今日小康成大道，人人迈进庆年丰。

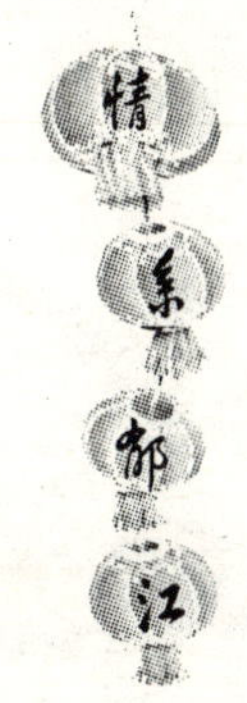

国庆六十周年感怀

李长富

一

六十春冬六十秋，雄狮独立志方酬。
南湖一会星光灿，延水千军烽火谋。
外贼芦沟挑衅战，内奸海峡挠无休。
八年内战驱顽敌，华夏红旗矗亚洲。

二

国事初成废待兴，保家卫国又新征。
三年灾害忒艰苦，十载疯狂若炭冰。
正本清源标准辩[1]，和谐发展富强灯。
中华崛起辉煌帜，定在我辈手中升。

注：①“实践是检验真理的唯一标准”大讨论，为改革开放奠定了理论基础。

改革开放卅年感赋

李德配

和平建设事争先，夺目全球非偶然。
神七飞天惊世界，农民免赋喜空前。
防洪抢险英雄谱，抗震救灾壮士篇。
放胆赶超强国计，卅年成就越千年。

伟大的六十年

苏绍振

一

革故鼎新六十年，辉煌事业喜空前。
嫦娥绕月众星拱，神七飞天各族欢。
港澳回归兴祖国，蜀川抗震复家园。
长江底下坦途建，西藏高原铁道连。

二

南国冰封疆土冻，电停水断九州同。
三军奋起千钧棒，春暖花开映日红。

三

圣火遍传欧美亚，喜开奥运建奇功。
奖牌第一金光闪，举国欢腾情更浓。

渔歌子·澳门回归十年

苏绍振

崛起神州号角吹，葡人交澳紧相随。民后盾，我军威，和平手段接回归。

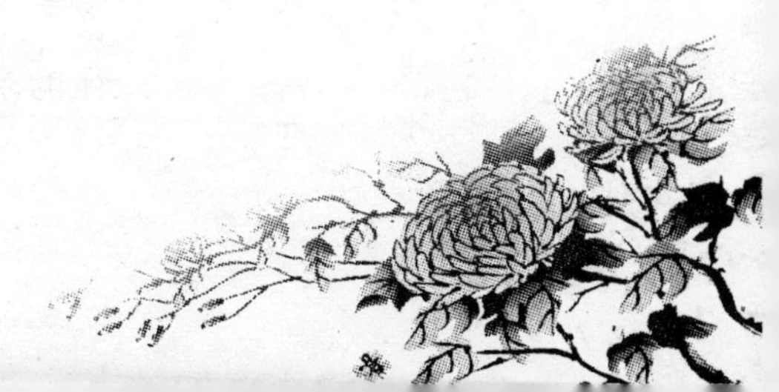

忆开国领袖毛泽东

三　石

翅起韶峰竞世雄，投身巨浪长威风。
沅湘漫指江山美，甘陕豪评秦汉宗。
新旧交锋枰易定，社资对阵局难终。
椽毫解悟穷通理，取胜宏猷赖润公。

迎回归

三　石

朝政昏庸实力微，洋枪利舰国门隳。
明珠陨落鲲鹏悴，毒焰飘飞蜾蠃肥。
命运安能夷主宰，车轮理定夏民推。
屈人不用剑锋指，喜看香江认祖归。

山村巨变

杨大周

华构赶时髦，危楼眨眼消。
蛰虫何处去，紫燕怎寻巢。

消　费

杨大周

一缕春风洗旧颜，惠民精品送门前。
内需扩大危机去，超市兴隆夜不眠。
物美价廉千户喜，新潮时尚万家欢。
补贴消费人心畅，妹选手机哥付钱。

衣食住行话变迁

黄　华

衣

冬拥裘衫赛紫袍，容装力媲竞天娇。
祥临福祉酬恩泽，百姓康宁世代牢。

食

常年盛馔足丰隆，野蔌佳肴酒满盅。
忆旧忧无鸡啄米，谁能籴粟待宾朋。

住

往事依稀六十年，征程缀锦启宏篇。
难忘陋室秋风破，今喜新居遍大千。

行

城乡遍地拂和风，惬意千般盛世隆。
百姓轿车开宅院，安居乐业万民雍。

新中国六十华诞喜赋

黄　华

盛世欢歌瑞景明，城乡巨变豁然新。
兴邦有策苍生喜，物阜民丰百福临。

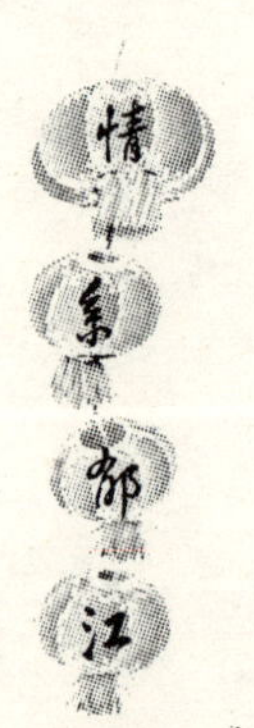

农 耕

黄 华

六秩辉煌看变迁，山河锦绣焕新颜。
铁牛唱响耕田曲，光惠三农灿宇寰。

庆中华六旬华诞

黄仕全

弄墨吹箫庆六旬，烝黎献寿满园春。
兴邦众志成坚垒，万里江山万物新。

忆秦娥·怀念邓小平

黄仕全

常悲切，哀思拭泪心犹裂。心犹裂，谋星殒落，人间英杰。
戎征驰骋身飘泊，宏图遗愿兴邦业。兴邦业，三经周折，几番超越。

十六字令·山

黄仕全

山，水秀山明银利川。今犹见，崇岭献金丹。
山，卧龙吞江卷巨澜。清江涌，胜景缀高原。
山，一曲民歌绕世间。人生爱，曼舞颂团圆。
山，千岁杉王擎起天。齐岳庆，盛世和谐年。

满庭芳·祖国六十年

陈　策

雾断云收，韶光和煦，普照华夏荒原。魍神牛鬼，埋历史深渊。政体工农掌管，土改烈，耕有其田。民心振，江山美变，屹立碧空间。真欢。兴祖国，科研任重，发展优先。看今日神州，盛世千年。融进青春不悔。休闲后，别有情天：诗书画，棋球牌舞，安度杏花园。

破阵子

陈　策

落落晨星数颗，迎来红日朝霞。汩汩小溪歌不尽，莽莽青山孕百花。福光照万家。

自古皇捐铁定，岂容半点迟差。今日免征田赋税，补贴农金你我他。千年仍异葩。

虞美人

陈　策

黄河千载东流去，阅尽阴晴雨。金融风暴袭全球，共赴小康坚信那堪愁！

艳阳北移春花闹，万物英姿俏。聚贤假日议兴衰，再创辉煌成竹满胸怀。

农村巨变

陈文忠

共和建国六旬春，挖掉贫穷落后根。

致富驰奔高速路，中华处处小康村。

庆新中国六十华诞

陈文忠

一

祖国诞生整六旬，扬眉吐气党恩深。
人民军队扬威远，万里江山世世春。

二

六十春秋弹指间，腾飞经济史无前。
嫦娥奔月银河旅，奥运丰功写巨篇。

忆改革开放三十年

冉征仲

流光如急矢，两鬓似银丝。
金瓯大一统，一国两治维。
三农恩惠广，百姓仰如慈。
汶川遭地震，鸟巢笑声怡。
神七月宫路，南极五星旗。
科学发展绪，中国特色奇。
狂歌三十载，大唱六十丕。
七八三中后，九州千业滋。
改革兼开放，繁城又富黎。
高科迎日进，梦想现今时。
三峡星斗更，青藏火车驰。
社保加医保，人绥物品绥。
五洲齐注目，四远友争师。

建国六十年大庆

冉征仲

一

历史长河逊几程，登台不计是何人。
争来夺去皆私己，杂税苛捐苦役民。
谁见天颜清似镜，何时地面绝穷困。
公仆导引康庄道，舜日尧天实惠频。

二

旧日成帮乞丐游，常瞻饿莩弃村头。
朱门酒肉污泥臭，茅屋蒿莱黎庶愁。
覆地翻天家国变，开来继往锦程谋。
清平六十民生护，致富更推三十秋。

三

揭开历史且观今，旧日最愁差役临。
税改家园天送惠，商繁市井地生金。
科研教育人为本，国计民生食是根。
平等自由言路广，友朋遐迩密如林。

改革开放三十年

冉征仲

地变天无变，丘原似画妍。
长空神七探，三峡电流传。
港澳红旗展，高科国力坚。
农工腾跃起，恰似两重天。

满庭芳

冉征仲

春月观花，夏天问柳，十里香沁心脾。鹊鸣莺唱，机吼伴车驰。举目红墙绿瓦，鳞栉比，大厦冥迷。红灯下，歌声嘹亮，人海乐天怡。

春雷。黎庶拯，掀翻恶梦，逐去熊罴。荡平大山三，筑起新堤。率领工农奋战，穷宇宙，更架天梯。丛林艳，一茏松柏，翠绿美丰姿。

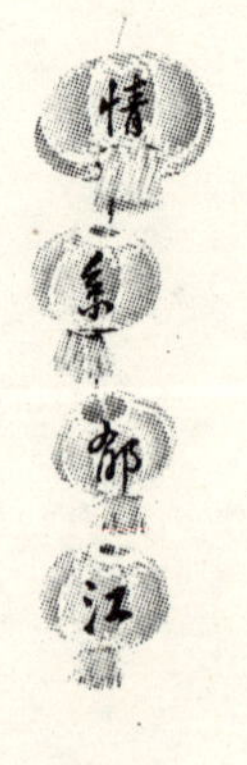

朝中措·喜看今日神州

冉征仲

一钩明月满乾坤，四野旷无垠。星斗翻移地面，车船却向天奔。

科研至上，生民惠遍，锦绣乡村。四海坚强如盾，九州铁壁长春。

水调歌头

冉征仲

德政启祥瑞，灾患出丰年。山河灿烂如锦，大地画图妍。紫气红霞掩映，绿野蓝天浪滚，热气碧空旋。何惧大风浪，玉质仍如仙。

国发展，人为本，史无前。红旗翻卷，和平全赖大旗搴。六国加盟上海，四远争交握手，挚友五洲连。胜过千秋世，旭日正东山。

神州巨变

吴康付

兴邦六秩庆华年，放眼神州大变迁。
推倒三山民乐业，剪除四害国平安。
铁龙进藏创奇迹，碧汉探源书壮篇。
万里河山添锦绣，八方龙胄颂尧天。

辉煌六十年

吴康付

放眼神州锦绣天，时逢六秩庆华年。
夺金奥运开鸿愿，漫步苍穹写壮篇。
万副红联讴惠政，千杯美酒醉酡颜。
和谐社会民安泰，击节高歌永向前。

渔家傲·庆祝建国六十周年

廖兴洲

领袖声音冲碧汉[①]，天安门上红旗展，祖国山河光灿烂。皆如愿，康庄大道人心暖。

政策惠民民意满，千年农税今朝免。科技兴邦谋略远。齐夺冠，九州万众同心干。

注：①1949年10月1日，毛泽东主席在天安门城楼上向全世界宣布：中华人民共和国成立了！中国人民从此站起来了！

六十年巨变

蹇楚光

昔日山湾小集镇，瓦房横竖少炊烟。
旧街狭窄乏商贾，经济萧条多恼烦。
屈指六旬天地换，放开卅载庶民安。
楚天打造明星镇，党政英明总向前。

庆祝新中国建国六十年

谢晓东

共和华诞六旬年，几代伟人功盖天。
三座大山被推倒，民殷国富乐陶然。

祖国万岁

谢晓东

华夏欣逢六十春，五湖四海庆升平。
科研发展前程远，物阜民康振国魂。

公路建设有感

萧克明

秋临鼠岁艳阳天，梅子沿河鼓乐喧。
公路扩宽行庆典，黎民贺喜响长鞭。
银龙穿过野人孔，玉带越翻齐岳山。
险岭开通巴蜀畅，挚情深厚利云连。

改革开放三十年毛坝巨变

秦声贤

街

春风春雨百花艳，毛坝小街成大街。
五里长龙鳞甲闪，一河绿色紫云开。
高楼迭笋富山韵，奇货琳琅远客来。
改革顺天天不老，子孙万代不徘徊。

田

九分山水一分田，人口增多怎度年。
改革春风催梦想，集中智慧搞科研。
栽茶弃稻古今异，建厂易耕天地宽。
处处芬芳光景美，千家万户广添钱。

路

改革东风伴雨雷，愚公领命把山推。
羊肠小道携悲去，玉带康庄抱福来。
人乐车欢铺锦绣，民殷国富上高台。
四通八达渣油路，绿水青山一色裁。

人

大庆生辰六十年，千山万水与同欢。
老翁酌酒话传统，童子捧花吊烈贤。
巾帼风流吟盛世，须眉潇洒绣尧天。
长歌一曲雄心起，华夏复兴弹指间。

建国六十周年

冯志成

立　国

未忘东亚病夫名，三座大山凌弱身。
老蒋不仁宣内战，小倭凶暴侵邦门。
旌旗指引长征路，将士驱诛作恶人。
血地尸山存浩气，捐躯为国扭乾坤。

兴　国

首都大典庆升平，开国宣言举世惊。
多党共存同笑语，全民团结齐欢欣。
神州万代江山固，军队千秋钢铁城。
断壁颓垣成史鉴，改天换地立功勋。

富　国

三中全会启新程，改革迎来四季春。
深圳特区为示范，神州各处紧随跟。
荒丘僻壤新颜换，沃土良田产值增。
城市乡村通富道，高楼大厦小康村。

强　国

北京奥运五洲情，盛会同歌四海宾。
利箭航天星际走，神舟离地月宫行。
冰灾地震殃人祸，大爱无疆获党恩。
悲喜交加人为本，和平发展敢赢拼。

迎新中国诞生六十周年

秦声贤

新牛迎花甲，华夏喜空前。
海酿千缸酒，山鸣万挂鞭。
八方翘拇指，四面乐陶然。
国寿年之长，天天庆凯旋。

改革开放慰邓公

冯志成

后人眷恋悼英灵，转航航行挽小平。
深圳欢天除旧制，神州喜地启新程。
日新月异乾坤扶，民富国强盛世宁。
伟绩丰功彪炳史，烁今震古世无伦。

开国之庆

潘顺福

天道轮回万物优，一轮花甲重筹谋。
睡狮初醒东方吼，六亿狂飚铸玉瓯。

解放利川

潘顺福

南下大军催足急，怒歼鬼魅尽无敌。

炮声响彻云天外，“白日青天”终绝迹[①]。

注：①指国民党的青天白日旗。

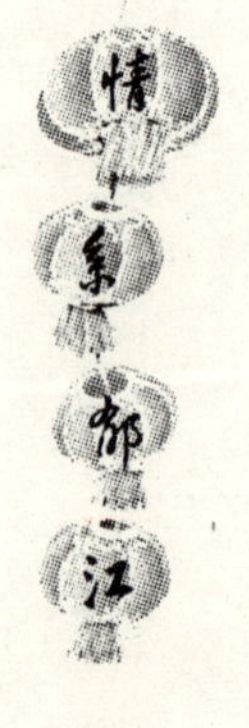

团堡建区

潘顺福

分兵团堡建新政，告示安民定庶心，

从此石龙昂首笑[①]，山川锦绣艳阳春。

注：①团堡有石龙寺，内有石雕龙。

忠路受降

潘顺福

连云麦黍马蹄驰，溃伍踟蹰忠路溪。

刀剑如林无退路，投诚低首缴铃旗[①]。

注：①国民党利川末代县长郑子阳，授陆军少将军衔，率军政人员 300 余人在忠路向解放军投诚。

中华六十周年颂

刘臣殿

一轮花甲一轮程，万岁中华年正轻。

抗美援朝初站立，飞星试弹更前行。

国门开放天天旺，成绩辉煌业业兴。

四海危机风浪起，北京推进五洲平。

建国六十年感怀

张金辉

一

六十华诞共庆欢，九州儿女谱新篇。
高楼鳞次比山起，大道宽平依水延。
商厦电梯桥立架，高公铁路彩飞天。
蓬莱阁处话奇迹，地上人间也胜仙。

二

三江泼墨写新卷，五岳披霞罩紫烟。
南国稻香珍玉串，北疆草绿马牛欢。
东边口岸吐吞快，西部山川捷报传。
儿女胸怀鸿鹄志，豪情激越著诗篇。

土地承包

张金辉

三中全会春雷响，四海农民喜若狂。
土地承包谁作主，栽瓜种豆自思量。

庆新中国六十华诞

刘启尧

定国安邦六十春，红旗漫卷舞乾坤。
神州大地歌开放，成就辉煌日月新。

畅咏六秩辉煌

谭芷

一

回眸六秩话沧桑，谋福苍生路漫长。
浩劫十年天下滥，横行四害五湖殃。
春风唤醒江南绿，时雨催生稻粟黄。
开放中华添锦绣，神州翌日更辉煌。

二

四九春雷震天响，雄狮屹立在东方。
卅年卓绝图强路，浩荡声威惊异邦。

三

星光璀璨夜难眠，欢庆神州六秩年。
江南江北风物胜，河山日日换新颜。

衣

慢看人人着锦衣，粗衫土布去多时。
千妆万扮花袅娜，红绿黄橙都是诗。

食

上顿山珍下顿肉，荤多素少恼油脂。
粗茶淡饭神仙味，鹤寿童颜最适宜。

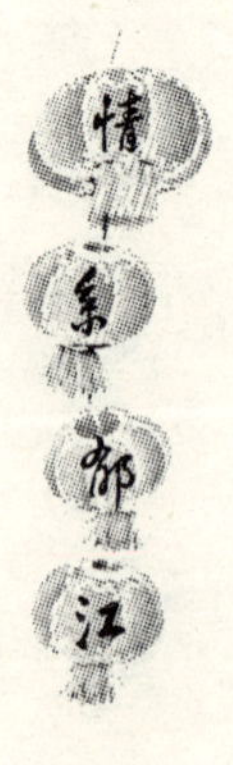

住

城市乡村一望收，千家万户住洋楼。
白墙红瓦繁花护，忙里偷闲岁月悠。

行

开天筑路弥艰辛，海角天涯往返频。
蛛网纵横连碧宇，柏油云路到乡村。

游

最酷而今是旅游，九州风景美难收。
缘何情趣寄山水，食住衣行不用愁。

购

琳琅满目凭君选，万种千般积若山。
天上人间诸物备，闲将超市作游园。

娱

日丽风和三月天，琴棋书画各寻欢，
小蛮飞燕笙箫闹，酒绿灯红夜不眠。

散曲·庆祝新中国建国六十周年

刘守钦

贺圣朝·国泰民安

艳日天。大雁飞，金凤旋。花甲和谐国泰安，寿辰康宁族睦圆。归港澳，念台湾。统中华，万众欢。

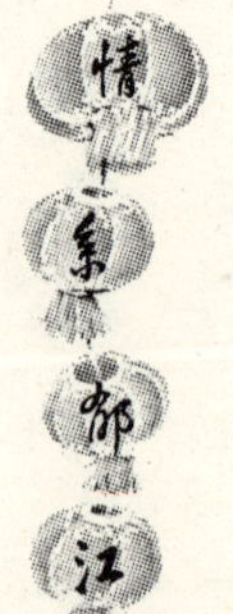

感皇恩·“零八”奥运年

圣火频传，环帜飘天，全球欢。星将战，帅旗妍。冠军首占，奖牌居先，国歌酣。彰虎胆，展龙颜。

大德歌·农户乐

美山村，小康奔。三农免税金，乐奏天时韵，诗吟地利春。山青水秀人勤奋，农户乐津津。

天下乐·祝祖国寿诞

十月金秋富丽天，翩翩舞美娟。诗书画联隆庆欢，祝寿仙，献贺言。辉煌尧舜篇。

喜春来·神七飞天

星空浩森多奇异，神七飞天探玄机。开仓挥舞五星旗，华夏裔，万户[1]梦圆期。

注：①万户，明朝人，他是第一个实践用火箭飞天的人，并由此付出了生命。

长顺水电站全景

长顺水电站厂房外景

长顺水电站大坝

临崖傍谷对野空小室玲
珑峰万重云雾青山遮不
住行行一线露芳踪

乙丑夏

临崖傍谷对野空，小室玲珑峰万重。
云务青山遮不住，行行一线露芳踪。

大坝拦河成碧潭，天仙见此也思闲。
骄阳沐浴爽心地，旖旎风光览丽山。

电韵飞歌

颂龙桥水电建设者

何本长

郁江流域郁电人，深山峡谷建功勋。
艰难创业两年半，龙桥速度显精神。
峡江两岸洒汗水，情满郁江献青春。
科学决策树根本，安全认理不认人。
零七五月首启动，莺歌燕舞同欢欣。
轴转嗡嗡拨琴弦，电流相通诉真情。
滚滚电源奔大网，灯火辉煌映山城。
举杯相约画蓝图，云口电站再飞腾。

咏发电房

陈雄田

机房室内静无声，三两员工控运行。
红绿彩灯观启动，青蓝铁柜锁纵横。
鼠标点击人间亮，书案指挥都市明。
科技神功如梦幻，星光大道九州春。

咏龙桥水电站

陈雄田

一

巍巍大坝展雄姿，崖壁开通未足奇。
两岸青萝铺锦绣，一江绿水荡霞衣。
伏流入地偕龙隐，铁塔凌空并斗齐。
盛世九州光灿烂，工农十亿两相依。

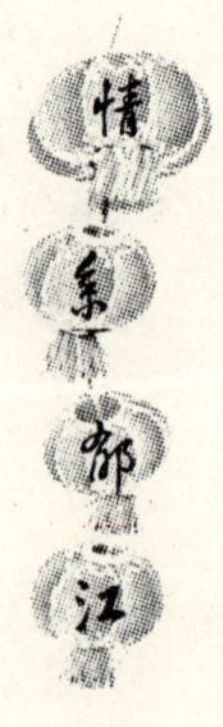

二

绝壁高峰欲刺天，神工鬼斧劈江滩。
胸怀壮志蛟龙舞，手握乾坤日月圆。
一坝横江湖似镜，万条输电线如弦。
光明华夏千秋业，谱写人间幸福篇。

云口抒怀

陈雄田

欣然冒雨访双江，满目青山雾绕岗。
一坝横空拦水系，两峰对峙锁汪洋。
妙施法力移山岭，巧借神功造殿堂。
喜看人间新世界，苍穹不夜尽辉煌。

咏阴沉木雕二龙戏珠

陈雄田

千年修道卧泥中，一震翻身出地宫。
飞向高梁生紫气，众仙点化琢双龙。

咏镇江石

陈雄田

天外飞来石一磴，金猴化作镇江神。
蛟龙不敢抬头望，永葆山川万代春。

将错就错感怀

陈雄田

挥毫重彩点鸳鸯，李戴张冠李变张。
看似荒唐君莫笑，错登花轿遇情郎。

咏长顺电站

陈雄田

蜀水巴山气势雄，郁江环绕万山中。
国仙扦杖分河谷，秦帝挥鞭赶玉峰。
千里清波澄倒影，三台机组扣真龙。
电输川鄂同联网，人造星河世代功。

调笑令·大坝抒怀

陈雄田

高坝，高坝，绿水青山似画。清风爽气频收，闲庭信步静幽。幽静！幽静！功德千秋雅韵。

沁园春·郁江电业精神

陈雄田

春暖花开，蝶舞蜂飞，灿烂阳光。看山川锦绣，龙渠碧水①，青山白鹤②，雾洞茶香。四面群峰，层峦迭嶂，纳百川涓流郁江③。金牛路④，动五丁凿破，构架桥梁。

千军万马昂扬。筑大坝，拦河造海洋。绿镜漪鳞秀，渠通暗道，水流深涧，已去何方。一阵雷鸣，谁人擂鼓，发电机声奏乐章。英雄谱，载贤才志士，业绩辉煌。

注：①龙渠，即利川市忠路镇，古时为龙渠县。

②白鹤，指白鹤井。据传说，雾洞坡的茶，用白鹤井的水冲泡时，茶杯里热气升腾如白鹤状，故名“白鹤井”。

③郁江，是利川市第二大河流，由东向西倒流3800里，在重庆市彭水县城北汇入乌江，后入长江。

④金牛路，据《幼学琼林》载，秦惠王诡言五石牛粪金，欲献蜀无路。借指交通不便。

南乡子·云口电站

陈雄田

滚滚水长流，常见乌泥[1]过小猴。峡谷凉桥横架渡，无休，石壁高坡有客愁。

佳讯启山陬，云口风雷动地猷。筑坝拦河修电站，深谋，伟业丰功壮志酬。

注：①此地名叫乌泥峡。

清平乐·电业颂

陈雄田

山高谷险，琼宇鹰飞远。小道弯弯车要缓，电站烟云莫管。

眼底蛛网纵横，山间布月罗星。电业归功谁个？职工众志成城。

镇江石

刘守钦

巨石占龙威，仙风神韵归。
启开高位水，天地尽朝晖。

镇江龙木

刘守钦

奇料阴沉木，雕刻龙戏珠。
厂厅高悬挂，企业展宏图。

长顺电站

刘守钦

郁江倒走三千八[1]，打破常规绽奇葩。
坝后嘟嘟机器动，渠前滚滚水轮花。
滔滔碧浪去重庆，网网能源送楚巴。
管理依循股份制，施州名站首魁家。

注：①大河东流，自古亦然，而郁江西流，古人云：倒流三千八百里。

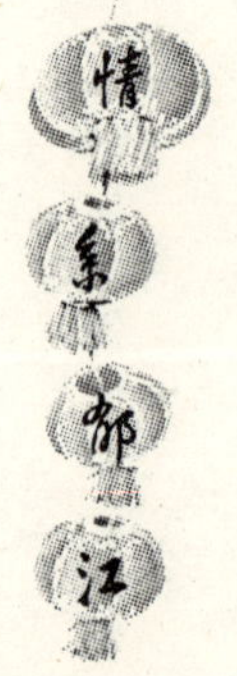

后江电站

刘守钦

洞出巍峨百丈坡，后江泉水暗流多。
坝翻碧水悬飞瀑，渠过崖山穿小波。
瓦屋沟边建电站，双江镇上灿星河。
加工农牧能源富，经济向前澜涌波。

灯　史

陈秀夫

囊萤映雪借亮光，点竹燃松照夜茫。
古殿豆灯吟素卷，书窗油盏辨华洋。
一朝蛛网连村户，千里明珠落玉堂。
更喜河山星月灿，乾坤何处不光辉。

长顺电站即兴

陈秀夫

险比巫山十二峰，清潭如幻梦川东。
坝高尽显英雄气，堤固长留壮士风。
时有仙姝临远渚，更多蓑笠钓云鸿。
画船也似漓江畔，伴我诗情上九重。

颂电业联

陈秀夫

电神天外洒明珠移金海琼山贺喜；
科教人间得甘露备瑶林玉树迎春。

一声爆竹风开柳眼；
万家灯火花放民心。

倡农兴工看方法体制全开放；
勤耕苦读建物质精神两文明。

赠电站人

李天恩

远离红绿繁华景，野谷空山伴鸟音。
莫道此中多寂寞，万家灯火释冰心。

赞龙桥电站双曲水坝

李天恩

一

高坝雄雄锁恶山，直崖曲壑绿波连。
烈洪任你千般狠，一样皈依在佛前。

二

坝成双曲隐玄机，抗震防冲拒扭撕。
磐石应惭坚固誉，始知人力太神奇。

题龙桥电站水库

李天恩

一

绿波荡漾破青山，疑是瑶池移此间。
夜月惊回妆倩影，半江石壁半江天。

二

东应西呼相见难，一江恶浪各千年。
奔洪今日知何去？樵子开来机动船。

题龙桥电站

李天恩

线缆迷离铁塔稀，高崖蔽日野云低。
此中自有此中乐，一样耕耘忙四时。

趣题龙桥电站名

李天恩

龙桥云口远相离，李戴张冠世应稀。
一错而今也美丽，依然巨笔写新诗。

题龙桥电站控制室

李天恩

键鼠液晶方寸容，万般变化一屏中。
指纤轻启山中阀，室小遥知坝上风。
机组运行皆自动，电闸跳动更轻松。
一人当却百夫任，始知科技有奇功。

题云口高坝

李天恩

衔山断谷锁流云，钢骨丹心砼铸成。
我自雄雄我自傲，管他烈浪复狂鲸。

题云口电站

李天恩

临崖傍谷对野空，小室玲珑峰万重。
云雾青山遮不住，纤纤一线露芳踪。

云口电站行

李天恩

山似刀斫谷似切，张天接日阻飞雀。
猿畏鹰啼鬼不驻，雄雄莽莽略无阙。
青藤终日逐风飘，白雾经年绕山腰。
滚石飞扬惊地府，啼猿忧绝恸云霄。
乌泥盘错三千折，迭宕曲回九万节。
十里惊闻动地吼，千年但见浪飞雪。
山凶水恶路如刀，自古通行唯龙桥。
龙桥颤颤临高峡，一步三摇连绝崖。
急雨飞湍夹巨石，飙风浊气蔽天日。
贾人无奈绕他乡，草掩路迷增死寂。
千古兵匪尚无侵，但留猴鸟乐太平。
乡民立望徒长叹，何日飞车过门庭？
但见郁江千尺水，年年肆虐卷愁云！
时移斗转到零七，开发郁江终有日。
云口深山建电站，万年沉寂一朝劈。
公路高悬云里穿，机鸣日夜破峰峦。
虚空绝壁悬钢架，深谷乱石布机关。
隧道随心南北过，索桥任意东西连。
挖掘猛兽挥长臂，翻斗巨车抖莽肩。
负重夸娥低头叹，救母二郎面色惭。
高坝扎根入峡谷，衔坡连地钢砼筑。
举头一望三千丈，壁立九天万道弧。

莽野乌泥静若处，平平荡荡映山孤。
洪流任尔冲天狠，依旧去留听我驱。
绝崖今日系渔舟，野洞自兹息鲵鳅。
险恶不知何处去，山花翠鸟破山幽。
逼狭深沟线缆牵，机房飒爽妖还妍。
轩窗含岭时飞雾，门户临风常驻蝉。
机杼不闻水不吼，已将电力万家连。
宝马香车笑语稠，碧水青山兴旅游。
一业促成百业旺，乡民从此富无忧。
烟笼云口红霞起，一望山峦锦绣里。
恶岫从兹妩媚生，莺飞鱼跃动遐迩。
阳春逐雨润青山，花艳郁江处处欢。
置酒赋诗抒壮意，一歌伟业万千年。

题龙桥发电站

黄金山

龙桥河下走清流，电站旋轮亮碧瓯。
纵是摘来天上月，何如一瓦照深沟。

龙桥电站大坝放水

黄金山

大坝青山潭影徊，龙宫彩锦迅铺开。
一经流进机房里，便为人间送电来。

咏龙桥坝石

黄金山

人间美景本难逢，巧遇龙桥坝石翁。
侠骨冰心风态满，镇江护厂著奇功。

郁江电力赞

黄金山

高峡平湖波浪翻，引来神女下巫山。
初游云口惊堤伟，再览龙桥赞厂宽。
沧海桑田弹指过，红尘巨变转眸间。
郁江电力通南北，同庆神州颂舜天。

咏云口电站

黄金山

郁江山色水涵烟，云口高堤锁夕岚。
莫笑僻乡无胜景，且看银线贯江南。

咏龙桥电站

黄金山

挂川壁立树青青，风雨危楼对碧屏。
电站一从修竣后，南山北岭放光明。

登云口大坝

黄金山

放眼高歌气吐虹，当年拔剑角群雄。
而今化作明珠灿，照耀民生福寿丰。

颂云口电站工人

黄金山

龙桥江浪聚云烟，发电量丰输北南。
为使民生康乐富，员工日夜不清闲。

献给云口大坝建设工人

黄金山

雨过来云口，凭高一望新。
凿崖风钻急，焊接电光明。
峡谷观高坝，幽涧亮彩灯。
崇山创伟绩，超赛鲧[①]丹心。

注：①指古代的治水英雄大禹的父亲名“鲧”。

赞云口发电站

黄金山

大坝雄威叹壮哉！声声江吼动情怀。
要知用电生何处，请到郁江云口来。

雨中游云口大坝

黄金山

云口风光水浪清，身沾小雨倍添情。
漫游大坝论今古，惊动山莺唱宿林。

西江月·赞云口大电站

黄金山

云口千峰壁立，郁江一水流霞。雄奇巨坝锁腾蛟，装点关山如画。
昔日烟迷狭道，今朝隧洞穿崖。工人创业运神功，巧把彩虹飞架！

致修电站的工友们

李长富

南腔北调聚荒滩，筑路修桥战恶峦。
宿露餐风情更稳，经冬历夏意犹宽。
截拦流水坝高起，修建大楼器稳安。
铁塔巍巍输电走，功名百世照人间。

游龙桥电站

李长富

满目春光马堡营，碧波十里锦鳞行。
青山郁郁鹃声闹，绿水悠悠大坝横。
观景无非寻雅趣，攀山只为赋闲情。
相邀一伙吟诗伴，喜笑骚翁妙句生。

云口电站

李长富

一

香树梁横连碧霄，峡江云口架天桥。
高堤雄矗晴空下，万户千家霓彩飘。

二

对峙双峰气象雄，奔腾一水峡当中。
开山凿石惊猿猱，铸坝拦洪耀碧穹。
北国英雄共聚首，南疆好汉喜相逢。
千年水患成新利，后世子孙仰大功。

有感云口与龙桥易名

李长富

错将云口作龙桥，姓李呼张何必挑。
锁住蛟龙兴电站，苏区建设树高标。

咏长顺电站

黄锡德

旭日东升乘客爽，车欢人笑到文长。
沿途放眼苍峦翠，临岸舒心斗志昂。
堤坝横空拦巨蟒，电机列伍锁狂江。
涡轮旋转吐珠玉，焕彩辉光蜀楚乡。

郁江电站即景

黄锡德

两岸青山掩巨壑，郁江碧水泛清波。
厂房林立机声吼，铁塔凌云奏凯歌。

采桑子·郁江电站

黄锡德

红旗猎猎夯堤坝，战鼓铿锵，士气昂扬，号子声声震郁江。
深山绿水翻新曲，蔬果芬芳，稻谷飘香。两岸珍珠放彩光。

云口电站水库

田应学

大坝拦河成碧潭，天仙见此也思闲。
骄阳沐浴爽心地，旖旎风光览丽山。

龙桥水电站

田应学

两岸青山花烂漫，沿江村落晓烟迷。
风扬垂柳晚霞秀，燕剪蓝天晨鸟啼。
弄蕊窃香蜂蝶舞，流波荡漾影鱼鳍。
萋萋芳草连天涌，水电光辉送九邑。

龙桥电站移民区——倒角溪

田应学

前山径曲后湾迷，古树青藤白鹤栖。
游坐深林崖道处，闲闻翠竹唱金鸡。

龙桥电站春色

田应学

推窗只见燕莺来，篱畔亭前百艳开。
柳拂轻丝起绿意，风飘细雨洗尘埃。
吟歌春色诗千韵，醉赋芳馨酒一台。
莫道天庭多美好，但看电站胜蓬莱。

龙桥精神赞

田应学

郁江峡谷天然嵌，汹涌波涛拍岸边。
空有巨能渲百载，更驱恶浪扰千年。
今朝浩瀚抒奇志，明日电流传世间。
枢纽工程只两载，龙桥速度谱新篇。

游龙桥电站水库

舒玖轩

坝内平湖倒立山，湖中更见蔚蓝天。
往来恰似天宫里，世上凡人也是仙。

参观龙桥电站有感

舒玖轩

马堡营中惊险处，千寻绝壁锁门开。

龙驹奋劲任驱遣，云汉星空送电来。

工地速写

舒玖轩

南腔北调人，四海五湖音。

工地天天聚，山河日日新。

赞龙桥电站

舒玖轩

郁江千古水西流，两岸巍峨峡谷幽；

光电生辉星闪闪，江河改道韵悠悠。

银屏网络连千里，天宇星河耀九州；

大坝平湖波荡影，往来相竞画中游。

长顺电站

向良贵

长顺山河浓雾多，飘浮不定绕青螺。

天光水色春花笑，沧浪鳞波岸柳搓。

瀑布洪峰高坝锁，蛟龙让道低头过。

郁江上下明珠灿，华夏城乡奏凯歌。

云口电站水库

向良贵

大坝微风带水吹，青山岸柳护堤围。
银河不见牛郎会，小镇星光映夕辉。

赞新龙桥

张金辉

上错花车嫁对郎，龙桥搬到小沙场。
青山一脉碧江绕，流急三滩恶浪狂。
辟斩岭崖酬壮志，踏平险水镇河床。
岸边百姓齐声赞，北往南来奔小康。

控制室

张金辉

员工人少净宁仙，电脑荧屏千万玄。
仪表台台机器转，万家灯火一挥间。

赞龙柱

张金辉

巴生梁栋材，回报土家来。
千载成佛道，斗移灵性开。
一朝雕塑就，九鼎坐銮台。
款款郁江意，红添万户财。

游龙桥电站

张金辉

峡江筑大坝，山洞涌湍流。
幽谷明珠洒，碧湖彩霞悠。

电站机房

简吉武

峭壁高崖奇险雄，平潭溪水赛龙宫。
不知奇妙藏何处，唯见深沟雪浪冲。

参观龙桥电站有感

简吉武

传言夜合白天开，碧水西流滚滚来。
静看人间欣喜事，再游奇景壮心怀。

赞龙桥电站

简吉武

峡江险峻耸奇峰，峭壁悬崖腾巨龙。
筑坝断流修电站，赢来光亮万家红。

咏长顺电站（新韵）

吴康付

长顺河边铁塔雄，大堤一道锁蛟龙。
鸟来鸟去幽林里，鱼跃鱼游细浪中。
银线条条输异彩，僻乡处处展新容。
花灯入夜乾坤灿，尽显明珠万世功。

郁江之行

吴康付

挚友共游忠路镇，品茶观景郁江行。
满山绿树晨星没，一片蓝天晓日升。
五彩明珠镶峡口，千年雾洞隐仙名。
主人更喜吟朋到，香茗三杯倍有情。

云口即兴

吴康付

群贤结伴观云口，恰逢春阴谷雨天。
欲访龙桥浑不见，悠悠空谷响流泉。

长顺行(新韵)

向礼照

游车满载郁江情，越岭翻山长顺行。
翠涧白云腾瑞气，轻舟绿水荡荧屏。
飞来大坝锁龙口，喜看层楼接地灵。
造就鄂渝福万代，深山无处不光明。

参观长顺电站有感

赖作文

鬼斧雳劈郁江峡，神工巧筑断云霞。
蛟龙俯伏遂人意，吐出明珠照万家。

访长顺电站(新韵)

牟来树

轻车群彦一波横，画舫村烟颂太平。
放眼群山说桂果，慢吟石径赏橘英。
借来好景漓江趣，添作诗风郁谷情。
主客同饮勤把酒，万家灯火照归程。

龙桥电站

黄宗礼

龙桥修电站，日夜起轰鸣。
高坝锁山谷，长渠洞里腾。

天净沙·长顺即景

陈　言

平湖电站高峡，青山绿水白沙。油路金风宝马，天锅斜架，小康处处人家。

南乡子·长顺电站

山　菊

大坝截江流，笔架峰高上斗牛。电缆横空连广宇，盈眸，画舫诗船共酒酬。

往事已悠悠，韵士骚人几度游。从此月明清夜半，消愁，妙笔新诗乘醉讴。

龙桥电站

苏绍振

断岸千寻峡谷深，龙桥电站放光明。
繁星点点夜空灿，巨变山河气象新。

游览云口电站

冯志成

溪流壑谷水波滔，峙立巉岩试比高。
才对风光何荡荡，又逢雨意且潇潇。
眼观项目厂房竣，口赞神州水电标。
难重高危出伟绩，明珠熠熠领风骚。

龙桥电站

傅尚明

山区建设劲频添，启动完工仅二年。
快速精工高品位，龙桥由此美名传。

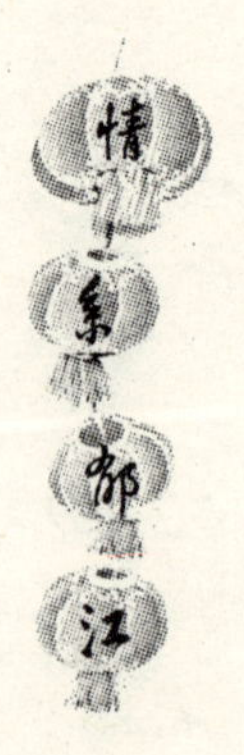

镇江石

傅尚明

波涛浪啃历沧桑，吸取精华日月光。
镇住狂龙听调遣，明珠遍吐耀山乡。

龙　柱

傅尚明

深埋浪底数千年，重出江湖气不凡。
傲骨铮铮依旧在，更留清气绕人间。

大　坝

傅尚明

两岸悬崖扣正雄，横江一坝锁狂龙。
平湖俯瞰明如镜，霞落鸿飞涵远空。

总控室

傅尚明

电站中心总控房，车间库坝一屏装。
鼠标轻点全盘动，不断光源传四方。

云口电站

傅尚明

峻岭登来一望新，连峰如海雾如巾。
擒龙力镇郁江水，缚电堪钦云口人。
传令洪流输圣火，投身僻壤远嚣尘。
山河纵目多欣慰，点亮城乡一片春。

咏　电

傅尚明

扯地撕空亿万年，误称秦帝赶山鞭。
挟风破夜光刀利，带雨惊魂血火燃。
狂野焰身终被缚，温柔网脉广相牵。
银河摘取星无数，打造人间亮丽天。

献给当年修电站之民工

傅尚明

兵团会战忆当年，力举钢锤凿大山。
牵引腾龙跟我走，要教狂浪为人旋。
民心筑坝能擒电，科技为兵定胜天。
誓使家园如画美，明珠遍撒换新颜。

龙桥电站

谭　芷

高崖万丈出平湖，闻道行程与众殊。
屈指两年风雨苦，回眸“三最”鬼神嘘。
荧屏方寸穷天下，铁锁千条连大都。
更有浓情播峡谷，和谐民企乃真珠。

龙桥电站镇江石

谭　芷

一朝得志便升天，峡谷修身千万年。
偶遇钟期伸暖手，方凭天马别深渊。
位尊九鼎踞黄椅，望比慈神坐碧莲。
伏虎降龙些小事，风调雨顺种人间。

题龙桥电站龙柱

谭　芷

原是山中一栋梁，埋身峡谷未悲伤。
风霜雪雨眼前过，礼仪诗书腹内装。
汉武秦皇知胜负，唐宗宋祖看兴亡。
清风玉露如相会，还我金身坐玉堂。

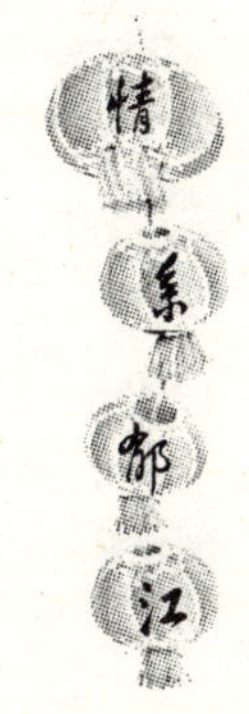

感龙桥云口电站易名

谭　芷

上错花车遇对郎，连襟易嫁又何妨。
江南江北双飞翼，遍撒明珠熠四方。

电脑监控发电

谭　芷

堪叹神奇科技浓，纵横蛛网布长空。
秀才室内知天下，望尽全程一点中。

二访龙桥电站

谭　芷

又是阳春四月天，青山碧水满人间。
重游大坝观银网，复读龙桥思电源。
万道霓虹璀夜色，千丛流火旷心田。
围江借力生双翼，立业建功于险山。

踏访长顺电站

谭　芷

寻津问路访仙山，只为明珠落九天。
主人一席推心腹，方知行程路路艰。
人在深山峡谷中，换斗裁星气势雄。
水向西流入东海，电融大网走长虹。
绝谷桃源来仙葩，站前霜风一枝花。
恰如光电传索漠，驾雾蒸云播春霞。
花解人意不寂寞，来伴电工守灵河。
光耀广厦千万幢，一路霜风一路歌。

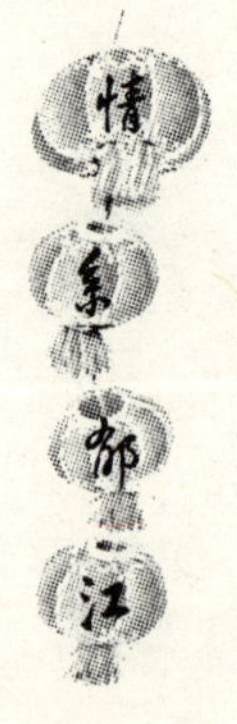

云口电站大坝

黄　华

筑坝横江百丈高，咸夸众志逞英豪。
悬空凿出通山道，今日神州胜舜尧。

观云口电站大坝施工有感

余学灯

巉岩峻岭拔云天，峭壁丛中曾歇猿。
荒野清溪无约束，一朝筑坝展新颜。

龙桥水电站全貌

云口水电站全貌

长顺水电站夜景

双江相聚汇成塘，冷暖浑清各半厢。
独驾轻舟歌自在，波光鳞浪水中央。

新中国成立六十周年纪念

戰鬥迎來六秩共和華誕日

騰飛喜慶三旬開放盛興時

邱本太撰聯　李湯作書

龙桥电站（新声韵）

余学灯

一

山奇水秀路回环，瑶圃倏然现眼前。
绿草茵茵花似锦，远离烦事远尘烟。

二

幽幽长隧高高坝，驯服蛟龙利万般。
鸟语如歌绿树绕，水流滚滚济财源。

缅怀先贤

龙塘铺

刘守钦

红军据点[①]在，税卡[②]拔锄铭。

谁是指挥者，土家周集成[③]。

注：①据点，在龙塘铺不远的石膏洞。

②税卡，拔掉龙塘铺税卡是周念民指挥红军打的一次非常漂亮的奇袭战。

③周集成，即周念民。

寒坡岭

刘守钦

胡子[①]率红军，伏歼新旅兵[②]。

袋装连一个，余下败纷纷。

注：①胡子，指贺龙军长。

②新旅兵，指敌新三旅薛芝轩团。

定风波·贺龙

陈雄田

锦绣沙溪堰水村，当年游击起风云。铁脚贺龙行险道，谈笑！鸟枪弓箭打豪绅。

威武身材神气定，非问！赶来民众喜相迎。脚印刻留长寄此，神趾！念英雄也祭英灵。

贺龙脚印

陈雄田

一

堰水清溪乱石滩，贺龙革命复回还。
长留脚印青峰畔，血染中华半壁山。

二

红军踏遍万山重，路过沙溪堰水东。
贺帅带兵行险道，郁江摇橹展英风。
堂堂相貌双眸炯，凛凛身躯一剑雄。
百姓尊崇怀念意，石雕刻足印山中[①]。

注：①贺龙当年带领红军路经沙溪堰水，在石崖小道上向老百姓讲革命道理，他身旁一位石匠，悄悄在他站立的石板上刻上记号，然后用钢钻凿刻一双深深的脚印，至今清晰可见，永留青山。

瞻仰周念民[①]墓

陈雄田

英雄气盛话当年，壮志名存耀楚川。
而立韶华花谢早，九泉笑看驾飞船。

注：①革命烈士周念民，利川小河人。

题周念民纪念碑

李天恩

辗转今生为国忙，念民智勇斗豪强。
可怜魂断千山外，空剩碑铭在梓乡！

纪念双庙党支部并怀周念民烈士

黄金山

小河风雨夜如磐，百姓悲哀血榨干。
双庙亮灯燃烈火，念民树帜斗顽奸。
鏖兵税卡歼魔鬼，激战寒坡斩敌团。
胆略英名流百世，开来继往展新颜。

赞贺龙脚印

黄金山

贺龙脚步急，深印在沙溪。
激励观瞻者，雄飞大海西。

瞻仰红三军战功碑

黄金山

一碑潇洒立玲珑，伟绩丰功载此中。
凝目我心凭吊久，抄枪尤可亮刀锋。

赞周念民

黄金山

拔剑山头立，挥旌大将风。

狂涛凭起落，方略在胸中。

贺龙脚印

舒玖轩

贺龙功绩满青山，思想主张堪作贤。

手写红言川庙上，脚登青石路沟边。

先师表率光辉志，后辈弘承意力坚。

小径春光山烂漫，刻镌脚印在人间。

贺龙脚印

傅尚明

僻壤穷乡过往频，贴心话语动山民。

波翻浪涌斯人逝，脚印长留勉后昆。

纪念周念民烈士

山　菊

雄狮勿自久眠容，四面惊雷响太空。

志士操戈驱猎寇，笑看生死显英雄。

周念民纪念碑

山　菊

愁云何淡淡，春雨正澌澌。
车驱红色地，谒拜烈先碑。
抗日临淄府，回乡郁水堤。
黔江书史卷，永顺痛殇悲。
慷慨忠魂骨，千秋志士祠。
临风一揖手，啼泪碧山隈。

瞻拜周念民纪念碑

冯志成

墙围宝地葬忠魂，十级台阶拥后昆。
昂首丰碑崇正义，躬身伟墓敬贤臣。
功崇德巨英名载，无妄横罗冤屈平。
岁月清明行扫墓，哀思瞻拜祭英灵。

贺龙脚印

陈正雅

贺龙宣至言，石匠传同列。
传播体遭残，摧方心愈热。
无那刻后铲，思念铲还刻。
脚印载丹青，口碑流不绝。

怀念周念民

陈正雅

一

游击当年刀剑鸣，念民麾下聚雄兵。
奇施巧计常飞捷，平地惊雷玉宇清。

二

念民贞一战沙场，左祸横罹冤屈亡。
大浪淘沙分美丑，滨江塑像著荣光。

贺龙脚印

谭　芷

腾飞桑植一蛟龙，驰骋武陵风雨中。
苗寨奔波留足印，土家智取隐真容。
烽烟弥漫清源路，战火焚烧巴蔓空。
叱咤疆场天地颤，来人代代敬英雄。

忆秦娥·忠路人民革命史

苏绍振

红旗举，三支部队打游击。打游击，消除顽敌，分田分地。
出征仗义豪情激，突攻税卡奇兵袭。奇兵袭，化装百姓，大获胜利。

纪念红九师参谋长周念民诞辰百周年

苏绍振

青年时代弃豪门，投笔从戎入共军。

正气浩然冲斗壁，英姿飒爽拯乾坤。

功勋卓著垂千古，事业辉煌载万春。

塔卧葱葱埋杰骨，郁江滚滚哭忠魂。

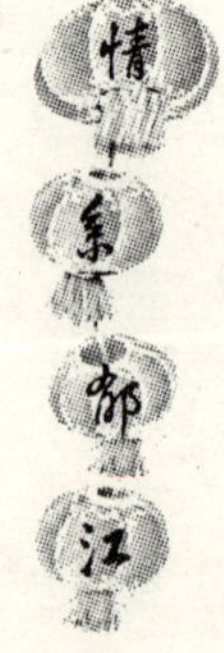

江南春·周念民奇袭龙塘铺税卡

苏绍振

风淡淡，月浓浓。红军攻税卡，埋伏四山中。清晨商贾来交税，枪响龙塘除狗熊。

鹊桥仙·粉碎劝降阴谋

苏绍振

红星闪耀，军旗招展，功业辉煌灿烂。鸿猷计议夺枪支，打城镇，工农助战。

书笺来往，双方谈判，诱获军机杀敌探。当机立断大挥师，转移后，回头再干。

周念民射鸟

潘顺福

百步穿杨大将军，枪鸣鸟落牛不惊。

以少胜多寻常事，碑在众口功在心。

忠路革命老区史诗

苏绍振

组建“前敌委”

召开联席会，组建“前敌委”。
加强党领导，三捷捉魔鬼。

首克利川城

瞿全[1]是神人，伙伴李宽文。
红军来领导，首克利川城。

注：①瞿指瞿廷和，全指全万邦，都是小河人，神兵首领。

再克利川城

佯攻龙渠县，调出薛芝轩。
子夜下命令，晨取粗石边。

大战寒坡岭

大战寒坡岭，巧设“口袋阵”。
诱敌山沟来，围歼全取胜。

丁包湾来历

创办疗养院[1]，护理伤病员。
逝者葬盘坎，更名丁包湾。

注：①双庙子党支部书记、游击队长李景凯利用旧关系在万能之家里创办红军伤病员疗养院。

疑兵退敌

列马通宵过小河，群传赤卫一千多。
以虚代实计谋好，反共张扬迅即梭。

周念民塑像揭幕观感

潘顺福

生在龙潭多难日，是龙必有腾飞时。
束发投戎为民主，苍海横流功在兹。

怀周公念民

邱希太

小河流水柳条新，龙出深潭跃白云。
北去南归寻马列，东征西战立功勋。
文韬武略才华展，忠党爱民意志真。
左祸无情曾作乱，英雄倒做鬼门人。

叹咏周念民烈士

徐永奕

鸿鹄青年随贺龙，文韬武略可称雄。
传经布道义旗举，组队造枪志士从。
转战湘黔除暴戾，运游川鄂惩奸凶。
左倾造孽身先逝，碑刻英名史载功。

邓小平百寿纪念

李长富

为匡国运举红旗，开放宏谋设计师。
启后主张新理论，承先注重构奇思。
金瓯一统求双制，经济腾飞探措施。
百姓心中碑永在，伟人风范永留之。

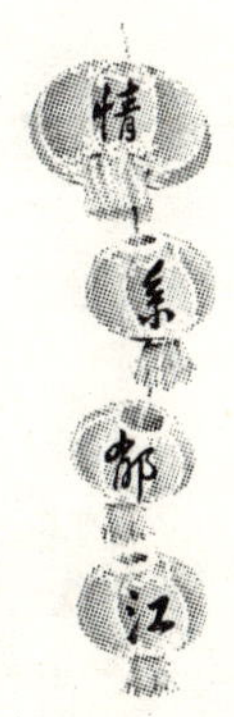

清平乐·纪念邓颖超诞辰一百周年

李长富

诗词歌赋，同赞贤公仆，总理身边巾帼辅，并驾兴邦致富。
一生从不谋私，世人尘望难齐，若问原因何在，琴心剑胆操持。

轻舟漫吟

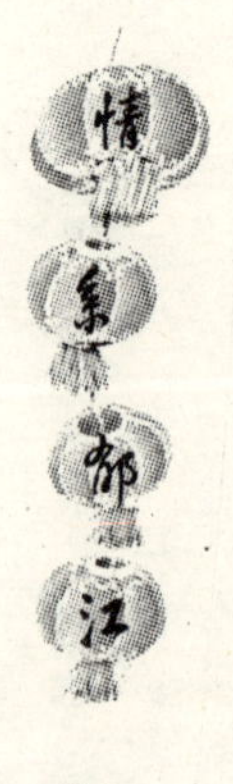

过龙桥坡

刘守钦

风雨木桥连两山，悬岩陡壁直参天。
千梯石路云中走，万朵山花草丛妍。
气喘嘘嘘步加快，汗流滚滚力争先。
若无毅力登峰顶，哪有功成开笑颜？

勒洋鱼[1]

刘守钦

清亮后江水，能观鱼翅飞。
空钓滩上舞，勒缚锦鳞归。

注：①洋鱼，即锦鳞鱼。

小河水杉母树

刘守钦

母树林涛景壮观，六千彩笔绘蓝天。
春温嫩绿布青野，夏热葱茏泛翠澜。
秋爽橙黄显俊俏，冬霜红叶映丹山。
一年四次容颜换，日剪月裁弘利川。

云口水电站厂房

州、市领导视察云口电站工地

云口水电站厂房

坝内平湖倒立山
湖中更见蔚蓝天
往来恰似天宫里
世上风人也是仙

舒玖轩先生诗一首
己丑年六月李[illegible]熙书

聚雄兵揮戈對決奇思巧

計屢飛捷

瞻仰革命先烈周念民塑像

碑永閃光

躍左禍蒙難屈亡塑像立

陳必雅撰聯　黄仕全書

龙渠茶韵

刘守钦

其一

歇息友朋家，金杯雾洞茶。
华堂飘茗味，笑脸泛红霞。

其二

夜游忠路城，街道霓灯明。
揉茗机声响，茶芳江上萦。

其三

白鹤井中水，杨家坡上茶。
相泡壶盏内，馥郁待宾嘉。

其四

乌东云雾茗，妹采手精灵。
郎制更神妙，香盈一古城。

其五

雾洞山前雾，花椒坝上茶。
临滨云口水，随浪到天涯。

其六

姑娘背篓新，红绿艳衣巾。
口唱盘歌调，戏谑山上人。

其七

清唱龙渠调，音声嗓子高。
宫商徵角羽，句句靠茶浇。

其八

茶香萦肺腑，情动雅风生。
词唱郁江水，曲歌楚坝英。

其九

忠路山川秀，双江水倒流。
贡茶兴雾洞，活化小河稠。

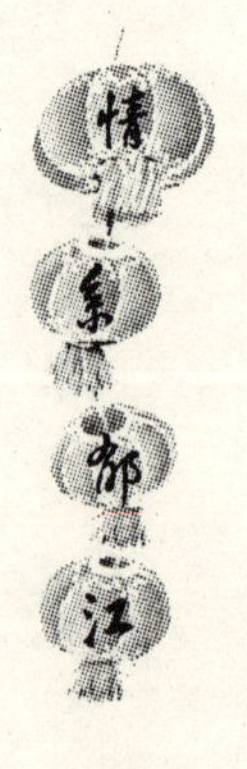

彦生之水

刘守钦

后江河水清，流伴读书声。
凉暖[①]适人意，年年育彦生。

注：①凉暖，后江河的水冬暖夏凉。

三元堂

刘守钦

道观三元名善堂，背依南景面临江。
钩心斗角飞檐拱，楼阁殿台尊玉皇。

贺沙溪诗词楹联小组成立

刘守钦

一

沙溪墨客聚诗坛，词浪骚风笔似椽。
酒醉肠酣迟到者，试看沃地艳梅丹。

二

将军脚印步声韵，堰水河中荡仄平。
江口滔滔西水去，荷花常咏老区情。

三

郁江左岸土司城，蔓子廪君底蕴精。
赞颂彰扬巴渝义，吟诗联对再吹笙。

沙溪抒怀

陈雄田

深山峡谷鸣，峭壁草丛生。
冬日无冰雪，春天有鸟声。
郁江流绿影，堰水写红缨。
环保蓬莱景，闲游阆苑情。

贺沙溪乡诗词楹联小组成立

陈雄田

隆冬相约出山城，半是阴天半是晴。
车到郁江千里秀，身临堰水万年清。
枝头野鸟声声叫，室内吟诗句句精。
细看韵坛新卉放，千秋事业定周臻。

忠路镇抒怀

陈雄田

登楼远望双江景，半岛桐花早约春。
雾洞名茶香古镇，龙渠美酒醉今人。
和谐百业皆兴市，扶持千家尽脱贫。
奋力腾飞添两翼①，巴山楚地焕然新。

注：①两翼是指种植业（以茶叶、烟叶为主）和加工业（以烟花爆竹产业为主）两大支柱产业。

郁江风采

陈雄田

云口重游堰水清，春风已改旧时行。
凉桥土瓦无踪影，大坝洋楼亮彩灯。
幺妹情歌随口唱，阿哥小调应心生。
郁江造福千年电，输送城乡万载明。

双江感怀

陈雄田

清风送爽到双江①，翠柳斜阳影荡窗。
千亩名茶千亩橘，一江暖水一江凉。
南边春夏当盆沐，北面秋冬作浴缸。
洗净人生污垢物，更添白玉一分光。

注：①双江指利川忠路镇的前江与后江，前江水春夏热秋冬冷；而后江水相反，春夏冷而秋冬热，似若温《》泉。

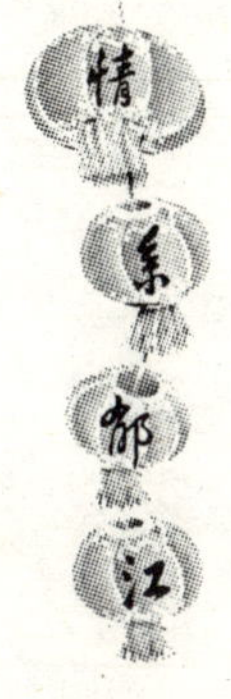

黄桶崖

陈雄田

天生石壁自成缸，从古到今无水装。
满腹空余虚度日，几人知晓有潇湘①。

注：①潇湘，据《幼学琼林》载“潇湘八景”美不胜收。

三元堂感怀

陈雄田

翘檐群阁尽萧条，古木苍松早自消。
慈善世间何处有？全凭直觉用心瞧。

题忠路烟花爆竹厂

陈雄田

满坡斗室蓬莱景，半是凡人半是仙。
幽径深闺多雅兴，数台机械织雷鞭。

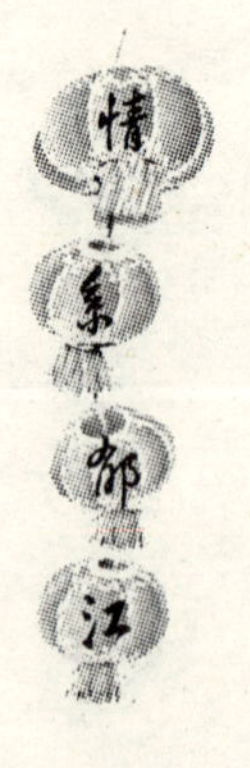

忠路名茶抒怀

陈雄田

一

又是阳春三月天，郁江两岸赏茶园。
欣然一望丰收景，玉女金童采叶还。

二

柳暗花明蜂蝶狂，山青水秀醉人觞。
名茶雾洞胜宫酒，自古为珍献帝王。

赏小河天下第二杉

陈雄田

杉王兄弟遍清源，数代子孙曾外迁。
播向五洲华夏种，环球无处不青山。

制　茶

陈雄田

嫩芽叶片入笼中，铁匮轻摇吐绿菘。
眼看乾坤加速转，芳菲满屋味香浓。

贺沙溪诗词小组成立

李天恩

山乡秀色育精灵，杰俊英才处处生。
今日吟坛添巨手，百花艳丽说晶莹。

过凉风垭

李天恩

一雨空灵洗碧山，新枝嫩绿更嫣然。
砦公砦母撩轻雾，似现犹遮在眼前。

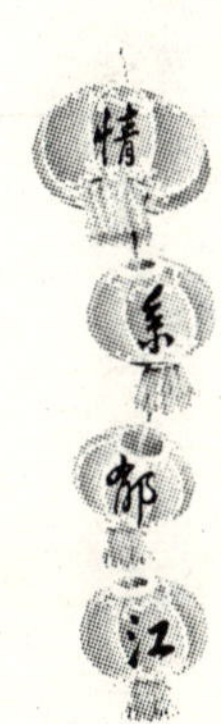

题三元堂

李天恩

碧山错落孕灵川，占尽风华筑道坛。
寄意且询堂外树，求源但问石中镌。
三元谁解参禅味？一善唯知济世缘。
堂阔檐高何足论，虔心沉欲始登天。

过忠路望城坡

李天恩

前江盘曲破平川，两道青山夹碧天。
矮雾高松遮不住，龙渠一望在心间。

题鞭炮厂

李天恩

倚山临水布工房，废纸黄泥足用场。
鞭炮声声千里外，吉祥从此送城乡。

赞雾洞茶

李天恩

纤纤蚁脚黛螺纹，入水轻盈飞燕身。
绿带春山一半意，香含野谷七分真。
沁心但觉酥魂魄，入骨更能惊鬼神。
何处培来此仙品？龙渠雾洞郁江滨。

题黄桶岩

李天恩

一堑深深荒野间，青山白壁吐飞泉。
天生此桶藏何物？地造斯渊历几年？
入谷方知井中意，临空始信鬼工玄。
可怜陶令不曾见，宁静清幽好种田。

过忠路镇

李天恩

古镇龙渠景色殊，街衢横竖灿明珠。
山如夹壁随天远，雾似薄纱萦地铺。
百壑参差隐龙迹，两江曲凸吊葫芦①。
青田碧瓦逐和美？不尽情思任卷舒。

注：①忠路镇古称龙渠县。前江后江在此交汇，致忠路镇似一半岛，其形如一葫芦连于山，故古人称其地为“金线吊葫芦”。

题小河水杉母树

李天恩

清贫独守在荒山，历劫遭灾总傲然。
且看冰消春暖处，一腔豪气播云天。

忠路急雨即兴

李天恩

淋淋急雨洗山城，鸟跃鱼欢草色青。
推户纳凉离热海，举杯涤燥入闲亭。
花枝颤颤露如泻，山树腾腾雾似蒸。
最爱篱边泉水俊，纯纯洌洌说晶灵。

题忠路古城

李天恩

一

小城忠路好，一望美平川。
壑自天边破，江从市里穿。
参差八万牖，绵亘百顷田。
入夜红霞护，恬和宁静间。

二

小城忠路好，临镇两江旋。
冷暖春冬易，浊清晴雨颠。
绿茶赢赞誉，红柚释娇妍。
长做此中客，逍遥得永年。

三

小城忠路好，天宝物华奢。
绣户含青岭，娥眉俏碧街。
甘润龙渠米，醇香雾洞茶。
宜人四季景，此地实堪家。

四

小城忠路好，佳景簇东西。
谷矮春常早，山高月易迷。
晨光破浓雾，岸树隐长堤。
四季萋萋绿，尤怜橘柚低。

沙溪途中咏杜鹃

黄金山

入春多雨更多风，百卉难开眠草中。
生怕客来无雅兴，杜鹃一片映山红。

龙桥镇江石

黄金山

一石刚强出古潭，站前矗立壮奇观。
犹如门将秦琼守，镇住江涛保厂安。

寻访沙溪诸诗人

黄金山

细雨蒙蒙雾万重，绕村公路有无中。
山高自有诗仙住，知在沙溪第几峰？

观郁江河边渔人

黄金山

野渡西霞小楫行，停舟挂网晒沙汀①。
一家老幼多欢乐，烹鳝沽醇醉晓星。

注：①沙汀，即沙滩的边上。

沙溪诗人

黄金山

书斋雅座品茶香，竹影婆娑风正凉。
闭目养神无别事，乐翻书报写文章。

龙桥人家

黄金山

一幢高楼半院花，路平环绕是君家。
常思卅载春风雨，滋润新村景物华。

沙溪景观

黄金山

大沙溪畔柳啼莺，览尽龙桥踏岭青。
最是动心林碧处，龙腾贺帅脚痕铭。

雾洞茶

黄金山

前江浪接后江潮，雾洞茶香兴味饶。
饮盏龙渠腾鹤水，吟诗作赋兴头高。

郁江采风随吟

黄金山

远山烟树草萋萋，春雨绵绵浪满溪。
郁水采风游电站，明珠万串伴莺啼。

龙桥坝石合影

黄金山

郁江山水本来鲜，靠近龙桥坝石前。
天地相携和一影，扬眉黄子笑嫣然。

初临忠路途中口占

黄金山

忠路初临细雨中，车颠雾罩意朦胧。
身疲体倦晕花眼，惊讶鹃花好艳红。

结缘三元堂

黄金山

细雨纷纷数道湾，郁江览胜访三元[①]。
新朋老友言谈笑，浅唱低吟结善缘。

注：①三元，即“三元堂”——道观。

郁江采茶女

黄金山

细柳长堤绿水乡，烟村淡隔女儿装。
清新忽啭娇莺语，采得龙渠十里香。

郁江杜鹃

黄金山

郁江春色漫山秀，绿草红花香艳稠。
游客往来情不舍，杜鹃花影把人留。

游黄桶岩有感

黄金山

路岖幽壑远，壁立峭崖悬。
开步分高下，长冈绕土垣。
苍鹰盘旧雾，野树映新烟。
此景观不够，何求地外天！

题黄桶岩风景

黄金山

山自几年始，桶从何处来。
圈崖随地起，一壑向天开。
才越登云栈，还经折叶台。
忽惊岩上树，可是谪仙栽。

游小河水杉林

黄金山

信步群杉下，歌行雨后春。
连绵皆碧绿，历久已森林。
丽日添新翠，层泥结老根。
年年高处长，雄姿气凌云。

赞小河天下第二水杉

黄金山

数亿年前活化石，千秋奇迹老顽童。
良心不惧冰川冻，傲骨能平雷火攻。
繁育杉林成胜境，名成宝树论雌雄。
恐龙不晓为何绝，我且长吟动月宫。

三元堂福利院歌

黄金山

人世天堂宝地灵，怀忧民政顺民心。
有穿有食多情趣，无虑无忧更贴亲。
盛世太平夕照美，老人孤寡焕青春。
此生幸福宜延寿，饮水思源念党恩。

游黄桶岩

李长富

天公法力大无边，何处搬来巨桶圆？
俯视青牛身若蚁，仰观白雾气吞山。
辛酸旧事抛家泪，快乐新章养鹿篇[①]。
藏在深沟须展示，寻常百姓作游仙。

注：①在兵税匪害交加时，附近王姓居民为避难经千辛万苦逃住洞中数十年；解放后洞内曾养过珍贵梅花鹿。

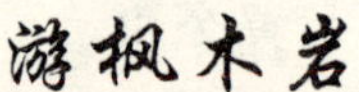

游枫木岩

舒玖轩

云绕青峰接远山，雾蒸峡谷掩蓝天。
蜿蜒车队盘旋过，美景陶人堪泰然。

岸坎桥

舒玖轩

深沟横卧自生桥，南北雄雄一样高。
古树虬枝浓叶厚，长藤挂翠伴风飘。

赞忠路镇

舒玖轩

遐迩闻名忠路镇，双江交汇水流清。
土司文化盘歌调，巴族姑娘百媚生。

春到茶山

李长富

好雨来去疾，村边茶树新。
纤手拈玉芽，引住行车人。
多情摄影师，举镜摁快门。
留下村姑笑，装回山寨春。
春风解人意，送香入我鼻。
寻芳进田畴，满坝尽绿畦。
春山尚料峭，薄雾绕丛林。
白鹤已飞去，尚留甘泉声。
众友心情好，芷姑[①]笑声甜。
相携登石级，同品白鹤泉。
归来论茶品，各自赋诗文。
最是朱王句，犹在耳边吟。
雾洞品名佳，质量播楚荆。
杨公虽作古[②]，还活茶农心。

注：①指同行者谭芷。

②指雾洞品牌创建者杨光兴。

赞忠路茶

舒玖轩

忠路贡茶出雾洞，轻烟缭绕漫园中。
神灵真气润葱色，品质优良数绿峰。

忠路名优产品赞

李长富

雾洞绿茶

水色绿青幽淡香，贡品惊欢朱棣王。
一自荣登省优榜，从兹百姓向丰康。

花台莼菜

翠岭沃田浮嫩芽，农女纤手采回家。
货入东瀛商贾乐，美味珍馐四海夸。

忠路蜜橘

九月骄阳耀眼时，橘香满坝令人痴。
去来车辆争相运，郁岸村农乐不支。

小河水杉

历经浩劫幸留根，化石仅存名不轻。
举世皆夸第一树，不知犹有水杉群。

忠路烟花

碧空浩瀚飞彩霞，嫦娥推窗看礼花。
惊问此花何处有，龙渠岸边巧手家。

桂花黄连

漫山遍岭盖荫蓬，四时经营老农功。
中华药库美名大，鸡爪黄连举世钟。

忠路十景

李长富

桌子崖

奇峰耸峙欲亲天，玉液琼浆醉八仙。
安得凌空飘酒幌，龙渠百景眼边妍。

谭家崖鸟道

鸟道登天可揽参，樵夫一吼四山音。
何人凿就通天路？贸易农耕便古今。

雾洞薄霭

奇洞经年腾雾霭，阴阳灵气绕青枝。
山间杜宇相呼唤，正是诗人觅句时。

白鹤古井

甘泉清冽透心凉，古树鹰飞云绕冈。
雾洞名茶天下慕，绿汤一呷满心香。

云口电站

香树梁横连碧霄，峡江云口架天桥。
高堤雄矗晴空下，万户千家霓彩飘。

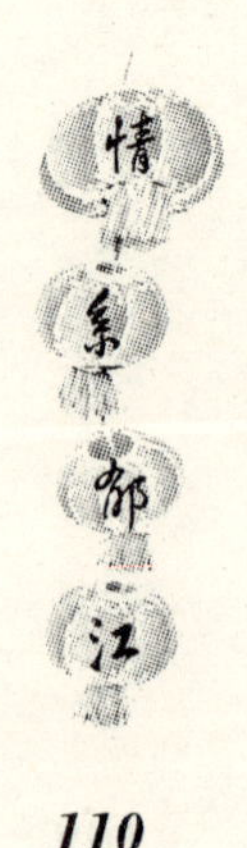

泉口温泉

温泉白雾水清清，大地馨香细鸟鸣。
浣女红衣花映水，渔郎粗嗓调传情。

城南旧桥

古镇城南风雨桥，钟公德政后人昭。
巴陵谁是滕公再？旧貌重修百世标。

注：据载，忠路城南旧桥原为风雨桥，为龙渠县丞钟公所修。现已旧貌不存，何日得修复哉？

两汇塘

双江相聚汇成塘，冷暖浑清各半厢。
独驾轻舟歌自在，波光鳞浪水中央。

注：忠路绕城前后两江，春夏晴天前江清，后江浑；雨天后江清，前江浑。夏日前江暖，后江冷；冬日前江冷后江暖。世代居民殊感适之。

天主教堂

粉墙青瓦望长空，异族侵陵假蠹虫。
满目悲凉风雨后，伤痕留在群山中。

注：忠路天主教堂位于江源村苦草坪。

南京寨

古木参天绕旧痕，燕归旧宅入新林。
喧嚣镇上千家主，几许金陵好子孙。

注：南京寨位于三元堂后山顶，为覃姓先民始移忠路时住地，故名南京寨。

响水洞风光

舒玖轩

高峰连远天，薄雾绕山颠。
石匠铁锤劲，将军脚印坚。
树碑育子弟，立传启新贤。
洞吐琼浆水，云霞罩福仙。

郁江打鱼郎

舒玖轩

挥竿点破郁江水，弯月镜边形欲飞。
早晚来回风浪里，丰收喜悦满船回。

赞小河水杉树

舒玖轩

婷婷玉立虬枝茂，玉笔朝天写碧穹。
四纪冰川早越过，益林故里子孙荣。

游黄桶岩

舒玖轩

阳春谷底山头冬，雾散云消影渺蒙。
突兀山崖朝下望，人心悬在半空中。

银杏王

舒玖轩

独木傲天银杏王，盘根错节吊楼旁。
虬枝茂叶春风动，小果繁花秋实香。
土寨山民多喜爱，苗家妇女更难忘。
披红挂彩结丰果，活血通淤入药方。

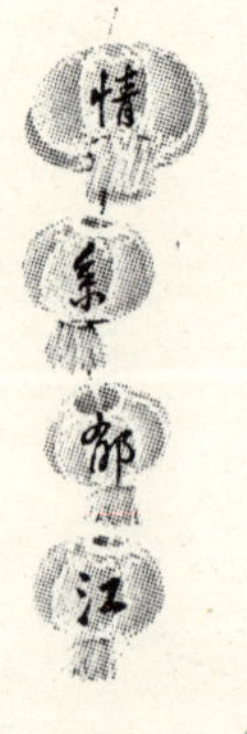

贺沙溪诗词楹联研究小组成立

舒玖轩

群贤齐聚会，吟韵映堂晖。
格律诗言志，曲词歌咏巍。
良朋生雅好，故友有新归。
吾辈逢明世，天高任鸟飞。

赞刘守钦老先生来沙溪讲课

舒玖轩

刘公七十下乡间，谈笑风生似少年。
行路崎岖欣稳步，下车迅急细传言。
诗词曲赋咏胸内，绝律仄平扬口边。
国泰民安歌盛世，人荣户耀唱田园。

沙溪春光

张金辉

黄泥塘顶尚留霜，九道拐旁青树扬；
狮子岩头盈紫气，沙溪河谷涌春光。

沙溪辣子王

张金辉

山连旷野垅连坡，辛苦农人勤做垞；
一粒种苗多滴汗，换来辣妹向天歌。

过牛项颈甩甩桥

张金辉

三步两摇心发慌，手扶钢索脚匆忙；
待时桥过回眸望，魂魄犹停水上方。

沙溪狮子岩

张金辉

凝神静气卧溪边，虎背熊腰披马鞍。
建设新村狮觉醒，康庄大道快催鞭。

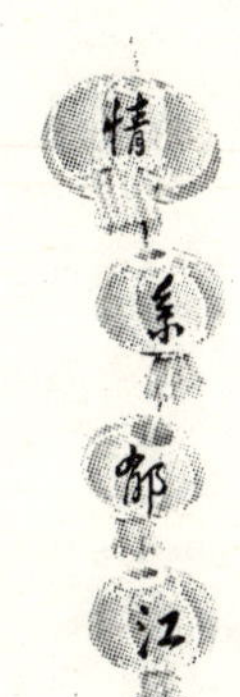

沙溪石拱桥

张金辉

巨石取山中，匠人精巧工。
凌空水上建，斗雨隔年通。
人走蛟龙背，船行彩虹中。
乡间一幅画，游客乐融融。

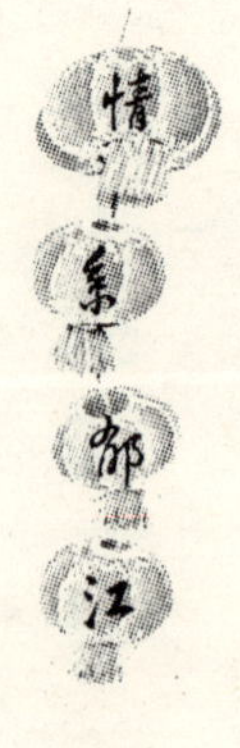

走沙溪

张金辉

微风送暖沁槐花，文墨诗人走利沙。
四月采风临电站，豪情万丈兴天涯。

牛项颈索桥

简吉武

溪河两岸叠奇峰，飞架索桥连岭东。
改得地天新面貌，两边百姓喜相逢。

江口行

吕　波

郁江逐白浪，电站沐晨光。
云雾罩山顶，清风拂峡江。
芷姑余倩影，山菊留芳香。
老少话平仄，诗词出妙章。

观枫木岩打石场

简吉武

两山对峙立高峰，孤莽盘旋抚幼龙。

取石开山铺富路，康庄大道即修通。

迎宾客

苏绍振

车场[①]驾驶恨来迟，店子门前迎故知。

速去作坊沽美酒，杀鸡待客醉为痴。

注：①车场，即作者老家，现已通车。店子上、作坊沟、杀鸡洞，均是地名，均在车场附近三、四里之内。

沙溪土司

苏绍振

司治石龙堡，奇峰四面绕。

巍然山脉远，黄墓[①]仍完好。

注：①黄墓即沙溪土司黄天奇、黄楚昌墓，建于乾隆四十二年，公元1694年。

雾洞名茶

苏绍振

雾洞坡前井水清，水泡香茶传美名。

名茶进贡垂青史，史记流芳到如今。

沙溪行

傅尚明

途中所见

飞车一路向沙溪，山正青来水亦奇。
吊脚木楼松竹护，土家山寨世间稀。

沙溪街

山腰俯看布丛楼，带绕一街临水流。
纵是僻乡容也变，熙来攘往乐悠悠。

土司城遗址

两岸高低树郁青，河旁原建土司城。
江山依旧人何在，历史风云走不停。

响水洞

山陬一洞涌清泉，纵是冬临水亦甜。
仰看贺龙挥手处，谁人饮水不思源。

利沙公路

黎民昔日囿山圈，驼背弓腰贫困缠。
此路开通人赞颂，从今内外共长天。

公母砦

比肩何世耸云霄，巴岭天生两柱高。
瑶殿无端谪仙侣，星河有鹊架虹桥。
雾牵峡岸千秋近，雨漫巫峰一梦遥。
纵是人间情欲绝，亦将爱字碧空标。

黄桶岩

一桶深藏郁水边，腹空口大欲吞天。
猿声凄厉因风扯，鹰翅斜张有雾牵。
乱世开荒行瓮底，明时放鹿问何年。
岩沿俯看人心悸，地脉同研待悟禅。

三元堂

何事携朋访碧山，碧山深处有三元。
翠松直直斫长柱，黛翅翩翩作翘檐。
昔日香烟萦鸟语，而今乡老胜神仙。
休嗟道士知何去，安抚民生是善缘。

雾洞茶

洞是天然窈郁滨，时吹仙雾绕茶林。
村姑采撷清明叶，井水冲浮白鹤身。
爽气沁脾汤美妙，余香绕齿味真纯。
若能长饮巴山露，定使人生四季春。

小河水杉林

堪矜造化宠巴山，树种珍稀留此间。
纵是严冰凌大地，却欣僻壤露真颜。
沧桑尽历亲何在，劫难多经脉可延。
今日世人青眼顾，灵河石畔证前缘。

后江河

苏绍振

洞中活水来，一展后江开。
流到五里处，合围忠路街。

忠路电厂发电

苏绍振

红旗迎风飘，龙渠尽舜尧。愚公挥手敕令，龙王莫耍刁。高峡出平湖，隧洞吞长蛟。点点明珠夜空悬，双江更妖娆。

参观隧洞

苏绍振

后江日夜炮声隆，建设电站隧洞通。
为啥工程这么快，只缘此处多愚公。

龙桥坡

苏绍振

忠沙两地路难行，断岸千尺峡谷森。
一桥飞架碧潭上，羊肠盘绕耸入云。

忠路聚会

山　菊

直趁东风便，龙渠聚俊贤。
两江殷切意，酬卷谱新篇。

雾洞茶

山　菊

松针绿叶誉奇珍，茗品张张除病身。
天下清明煎碧眼，汤添雾洞搅曲尘。
骚人扶醉生津片，迁客思乡赏晚春。
残叶晓香忆知己，魂牵一梦饮茶人。

彩　炮

山　菊

纸面泥心药引春，层层爆出万花筒。
劝规小子勿玩耍，惹出灾殃大事凶。

游后江温泉（回文）

山　菊

残冬雪霁小风吟，日丽天青万树云。
前岭香松闻处处，后江寒鸟噪纷纷。
泉流春水送烟霭，叟老苍颜辞僻村。
眠夜因思勤独醒，缠绵句韵落香尘。

石扦担

黄宗礼

一柱飞临峡岸边，百围千尺矗云端。
传说当年张果老，挑起青山遗此间。

参观忠路花炮厂

冯志成

墙围厂坝抵山坡，僻静横连矮屋多。
创建民间怡乐业，凭研技艺显高科。
银花火树放光彩，炮响鞭声荡远波。
盛典佳期同喜庆，逢年过节共欢歌。

游览黄桶岩

冯志成

雄奇陡峭巉岩险，口敞渊深空自圆。
沉底仰天观宝镜，登高俯地看陶坛。
茂林环壁传莺语，藤蔓爬岩织锦帘。
览景痴情存恋意，诗人妙语引怡然。

春露茶厂[1]林园风光

冯志成

长廊盆景作星斗，繁茂林园映厂楼。
玉树风姿欣摆尾，琼花竞放笑昂头。
佛翁晒肚阳天煦，仙老杖藜胜地游。
秀水鱼池天镜影，珠茶慢饮赋诗讴。

注：①春露茶厂，先后投资60多万元，兴建林园风光，被喻为“浓缩袖珍星斗山”。

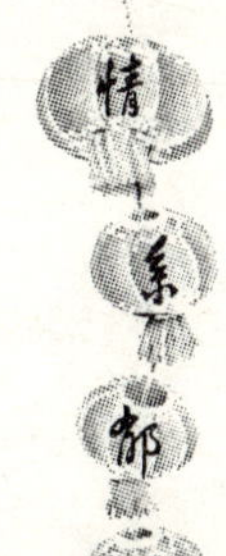

赞雾洞绿峰茶

冯志成

阳春雾洞雨麻麻，时遇茶蓬吐嫩芽。
邀约采风欢原野，相携莅厂看名茶。
内凭精制循科技，外讲包装显物华。
绿色美形潜质好，香飘爽气味醇佳。

雾洞茶

廖兴洲

翠绿毛尖飞雾洞[1]，门前白鹤驾青龙[2]。
飘洋过海名扬远，朱氏春茶诗意浓[3]。

注：①雾洞指忠路雾洞坡山洞，雾洞前的茶质量高。

②白鹤指雾洞前面的白鹤井，该井水泡茶色香味俱全。

③明朝皇帝朱棣饮雾洞茶后写诗赞美。

忠路吟

谭 芷

何幸龙渠得两江，一江温暖一江凉。
亿年母树张君爱，千载绿芽朱氏扬。
底处琼楼移寨下，几时黄桶落崖旁。
鸾翔凤舞生金地，便认茶乡作帝乡。

小河水杉

谭 芷

四纪冰川忽袭来，藏身峡谷免遭灾。
复苏僻壤行唯雅，再现生机品自乖。
风雨同林堪作典，齐心协力乃成排。
阳春种下凌云志，百载终成玉石才。

三元堂

谭 芷

谁移仙阙大山藏，雨袭风吹仍吉祥。
道佛儒尊行善事，天人地信奉忠良。
青峰咽泪怀高士，流水无声悼逝芳。
更喜炊烟重袅绕，孤残鳏寡作天堂。

郁江颂

谭　芷

三千八百绕山岗，九曲西行碧水长。
昔日荒沟多寂寞，今朝云口唱辉煌。
才将乳液滋良土，又变珍珠熠故乡。
莫道山高行路远，奔腾不息志昂扬。

路过响水洞

谭　芷

儿童散学归来早，飞上长渠戏渡槽。
横管轻骑鞭骏马，背依方寸乐陶陶。

水　杉　林

徐永奕

成片水杉林，葱葱向上争。
转眸观四野，仰首看天庭。

水杉王叹吟

徐永奕

虽说我为王，茕茕在异乡。
身边无淑后，膝下缺儿郎。
宗族小河住，骄孙遍地昌。
它们相与认，气宇更轩昂。

咏 茶

徐永奕

采 茶

春雨知时已歇息，茶林深处倩身移。
姑娘笑展桃花面，少妇轻舒柳叶眉。
手巧心灵裁玉锦，嗓清曲美赛雏鹂。
蝶蜂飞舞黄金季，装点江山妙出奇。

制 茶

数载饮茶口感醇，不知采制怎艰辛。
杀青防酵兼祛水，揉叶成条慢定形。
适度烤烘香漫漫，恰温焙炒气腾腾。
择纯量进精装袋，待价而沽必惠民。

品 茶

春暖相邀朋友家，不斟美酒品新茶。
细瞧深嗅知名类，轻吮慢咂晓级差。
身爽不觉三界远，脑清立感六神佳。
谈天说地皆经语，褒贬古今未自夸。

题雾洞茶

余学灯

流连雾洞风光秀，品饮香茶诗韵悠。
朱笔当年亲敕后，芳名自此艳神州。

夜访雾洞茶业有限公司

陈秀夫

故地新花

前后双江日夜流，龙渠漫步说春秋。
青青橘野传新梦，缕缕茗香忆旧游。
隆隆机声争暮色，翩翩茶女笑丰收。
绿峰碧剑已名世，杳杳英魂应解愁。

走进厂房

隔巷临江数栋房，苔痕挂壁起垣墙。
华灯暮月映茶女，雪练龙团溢馥香。
堂壁排陈金奖状，机房尽是土家装。
主人忙里笑迎客，过磅村姑羞拾筐。

收鲜大厅

大厅门外挂招牌，屋里人围挂称台。
蟹眼龙芽豪女梦，绿衫红袖采筐钗。
金杯玉盏知勤苦，奖状徽章示异才。
碧剑已传江内外，绿峰又捧彩旗来。

加工机房

蓦闻暮里众机鸣，香梦清芬诗兴萦。
盘转乾坤揉玉润，炉笼天地烘芽青。
云开雪练和冰煮，雾送飞红称夜烹。
浅笑一杯留我醉，归来三碗写豪情。

茶山留梦

步花踏柳绕山行，翠掩绿依笑语轻。
坝号花椒流蟹眼，坡名雾洞萃龙茗。
凉侵诗客丹青梦，月过仙人锦绣屏。
尘虑千秋忘以往，清风两腋醉来生。

雾洞夕照

天生古洞隐葱峦，北望江源第一山。
御赐香茗因落照，阴阳灵气护茶园。

白鹤神井

井中鹤影留千年，坡上香茶冲御泉。
过往游人来此地，金杯玉盏结仙缘。

龙桥高峡

长峡飞龙上碧苍，银河泻玉走青芒。
往常豺虎蛮荒地，今作衣冠游旅乡。

苍岭纳凉

百里长峡横一垭，天然风口众人夸。
蚊蝇不犯游人爽，拾得清凉养岁华。

善堂福地

依山抱水造来精，宽广佛堂方寸城。
俗隔郁江龙殿近，悟随道岸玉宫清。
善人烟火不焚志，修士残年尚问经。
槛外云横千壑静，阁中游侣往来迎。

前江夏浴

绿衫红袖满江滨，浪涌波横柳面嗔。
十里香罗十里笑，半湖霞绮半湖春。

双寨传说（新韵）

天柱触摧遗两峰，后称双寨辨雌雄。
拄空拔地鸟能过，历井扪参道不通。
化纸焚香尘绕攘，餐霞饮露树葱茏。
青山处处颖人悟，醒世莫忘造化功。

神木水杉

神窟飞来树一株，历经劫难仍荣枯。
良材千尺堪成栋，赤志一腔竟落孤。
揽月摩云高自直，旷天阔地倩谁书。
纵多欧美传殊誉，依旧冰心藏玉壶。

名木高古

名杉独秀武陵西，遥伴恐龙听鸟啼。
白垩纪留珍旷世，冰川劫躲宝生机。
花繁叶茂荣珠苑，貌古才高诵玉溪。
莫叹焦桐人误赏，春风枝上有虹霓。

华夏英魂

格高性直已参天，凤态龙姿骄鄂川。
历劫不弯长向上，经霜未改永超前。
濯缨人去忠魂在①，射虎弓藏燕月圆②。
野仆犹知芹献事，衣冠华族有英传。

注：①屈原《渔父》："沧浪之水清兮，可以濯吾缨；沧浪之水浊兮，可以濯吾足。"

②汉飞将军李广一生不得志，曾射虎入石。

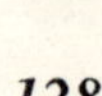

后江温泉（新韵）

扁舟轻荡好江天，十里春波接雾泉。
山外山中一碧水，幻身幻世两桃源。
险峰静我沐尘虑，古洞依人入画栏。
雪浪琼波浮羽翼，漫游银汉上星銮。

水杉吟

余学灯

寂寞千年远世尘，山中岁月隐凡身。
一朝慧眼识真相，显赫声名惊世人。

黄桶崖记游

余学灯

深山绿野藏奇景，绝妙天坑黄桶悬。
陡壁如削人眩目，疏枝似嵌鸟谈天。
山菊大胆岩前立，小草豪情壁上观。
养鹿旧痕遥可辨，桃源故事路人传。

题三元堂

余学灯

木坝河边清丽地，红墙黑瓦记传奇。
镂空柱础莲花艳，十米条石见证稀。

白鹤雾洞茶

陈祖翔

白鹤飞来双汇岸，彩云雨露润青山。
春雷一阵农家乐，碧水冲茶鹤舞天。

雾洞茶

陈祖翔

云绕青山雾洞茶，双江两岸吐新芽。
飞来白鹤月惊醒，壶里汤开喷茗花。

晨

杨盛华

晨雾飘飘似淡烟，青山隐隐任绵延。
天边云际披红氅，喷薄骄阳露笑颜。

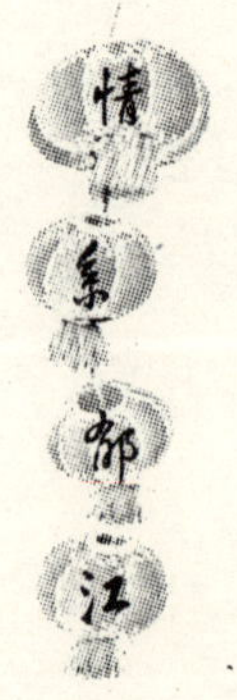

游后江大坝

杨盛华

粼粼碧水波光灿，荡漾游船峡谷间。
两岸奇峰观不尽，轻舟缓缓进江源。

石扦担

李珍明

群峰之上一奇观，石笋巍然人仰瞻。
果老挑山扦担断，此留半截顶苍天。

天下第一杉

李珍明

谋道苍葱一水杉，直冲霄汉冠中华。
抗冰斗雪千年寿，中外游人皆赞它。

香水洞

刘顺昌

一桥拱跨两崖间，百丈长潭濯锦欢。
洞口飞流腾沫雾，滩头激浪赶云山。
荫荫绿树掩晴日，款款黄莺哕落天。
香水悠悠人意爽，持竿垂钓胜神仙。

感赋茶农

黄　华

浓酽咸宜溢馥香，壶中白雾沁心房。
雅堂品茗论甘苦，谁道艰辛采摘忙。

天下第二杉

黄　华

四季常撑明媚天，历经劫难志犹坚。
虬枝笼荫引鸿雁，赢得游人竞仰观。

细雨蒙蒙一路游，青山四面绕茶楼。
龙渠漫步晨风爽，碧水中分入醉眸。

香会游双寨

刘顺昌

小序：双寨，亦名大雁，有寨公寨母之称。在母寨根脚有一尊石雕观音像。多少年来，这里曾是人们游览和拜佛之地。每逢香会（农历二月十九、六月十九、九月十九），人们上寨烧香化纸，挂红放鞭炮，从早到晚络绎不绝，简直热闹非凡。余游双寨，见此情景，特赋诗二首。

其一

大雁双双入薄烟，上穷碧落下沉泉。
曰公曰母分肥瘦，或扁或圆总俏妍。
四面青山齐拥抱，一江绿水巧环旋。
寨头晴雨生香雾，疑是苍天降佛仙。

其二

香会登临拜佛仙，声声爆竹应高天。
张张冥纸飞黔蝶，炷炷青香绕紫烟。
肃穆祈求添福寿，虔诚跪拜保平安。
游人纷至如潮涌，打坐观音开笑颜。

黄桶岩忆旧

黄　华

岁月艰辛世不平，恶人夺爱恨无情。
长绳缚背沉岩底，黄桶深藏苦度生。

注：据同行的徐老师介绍，解放前一王姓，为避权势，背负家人和牛犊下岩底谋生至解放。此岩似桶状，万丈深渊，底有80余亩地既可农耕又可放牧。

后江游

刘顺昌

其一

闲时有兴后江游，旖旎风光一眼收。
绿水澄清浮倒影，碧潭明净荡轻舟。
鸟飞鳌背秋蝉噪，鱼跃龙身鸿雁咻。
夹岸危岩相对立，昂然健步探源头。

其二

江口森森水出流，源头静静缓悠悠。
无纹无皱平如镜，时熨时梳软若绸。
两岸岩峰红叶醉，一江潋滟锦鳞羞。
信喝一捧源头水，滴滴丝丝润肺喉。

黄桶岩偶成

吴康付

龙渠古镇迎宾客，春雨纷纷上小河。
黄桶岩前云雾绕，鹿麂无影剩残柯。

观小河水杉林

吴康付

一片彤云焕远空，层林尽染绿茸茸。
虬枝萦雾辉千载，铁杆凌霄腾九重。
三纪冰川君独健，八荒玉树叶华荣。
风光旖旎堪陶醉，画意诗情兴正浓。

咏郁江景物

三　石

四牯深峡奔郁江，失蹄左岸滚坡亡。
石人铁链系肥物，砺齿金狮梦肉香。
静卧青龙流唾久，瞪睛白虎露牙长。
折腰为欲落长恨，暴裂眸瞳枉断肠。

利川古水杉树赋

王祖元

巍巍古杉，屹立芳园。添鄂西之胜景，湛利川之蓝天。水涵生命，地蓄文明。聚齐岳之灵秀，接渝州之芳邻。溯其远也，历千载而繁衍；幸其荣也，度百劫以尤欢。

斯杉也，得乾坤之正气，承日月之辉光。荫遮四域，根扎八荒。树擎天之躯体，播遍地之芬芳。高张伞盖，雌雄共本。岁岁籽满虬枝，粒粒价重如金。传播九州，根植沃野。点活名山胜地，染绿大江南北。造福人类，生生不息。爱古杉之博大，长将众生荫庇。

古杉之古，频生故事。利川闻于国际，激励万民图治。贺龙率部，十进利川。古杉邻里乡土，红军英烈血染。邓公南巡，指点江山。“活化石”那棵树，长在三峡之南。多国专家，实地科考。同识天下奇树，共鉴世界古宝。文人墨客，多会于此。触景生情作赋，把酒即兴吟诗。游人如织，赏古观今。近牵手量其体，远拍照留其影。善男信女，认树为神。焚香抱膝默坐，挂红许愿诵吟。

此嘉树也，得树之嘉。谋道创建名镇，生态旅游开花。改革开放，科学发展争先；安居乐业，和谐构建图治。振兴风电，工业腾飞；兴牧种草，农业增值。新型石材溢彩，生态田园流碧。文兴科教，择明区建校园；商活贸易，辟镇村为华市。传书信于电脑，发消息于手机。铁龙洞穿地脉，高路绕入云际。

古杉寿永，雄风长存。位居谋道名镇，把守利川西门。招商引资，敞开大门。《龙船调》之故乡，常迎天下来宾。

云口库区

谭乾和

三条木船荡水中，九个队员兴正浓。
笑声阵阵船离去，丈二竹午船头翁。
舟行峡谷碧波上，如游仙境龙王宫。
青峦叠翠百鸟叫，万木争荣郁葱葱。
才遇怪山如蛤蟆，又见绝壁孙悟空。
不是云口建电站，此间绝无人迹踪。
队员个个赤膊去，红日一轮照青峰。
众人挥汗江上洒，波光映得全身红。
两岸美景赏不够，几叶轻舟浪重重。
日斜人饥返航去，江上徐起清凉风。

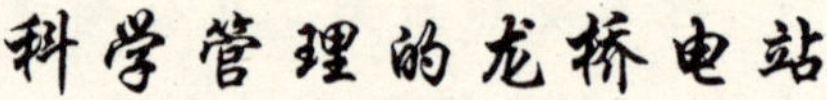

科学管理的龙桥电站

王忠贵

红旗飘飘展蓝天，电站厂房映眼帘。
轴转声声擂劲鼓，高山流水拨幽弦。
窗明几净尘不染，先进科技保平安。
摄像明察秋毫事，鼠标指挥到车间。
勤学苦练谋发展，争先恐后写新篇。
三大预案均示演，万千指标尽翻番。
规范管理降成本，激励机制喜空前。
荧屏常呈光辉句，情系郁江龙桥缘。

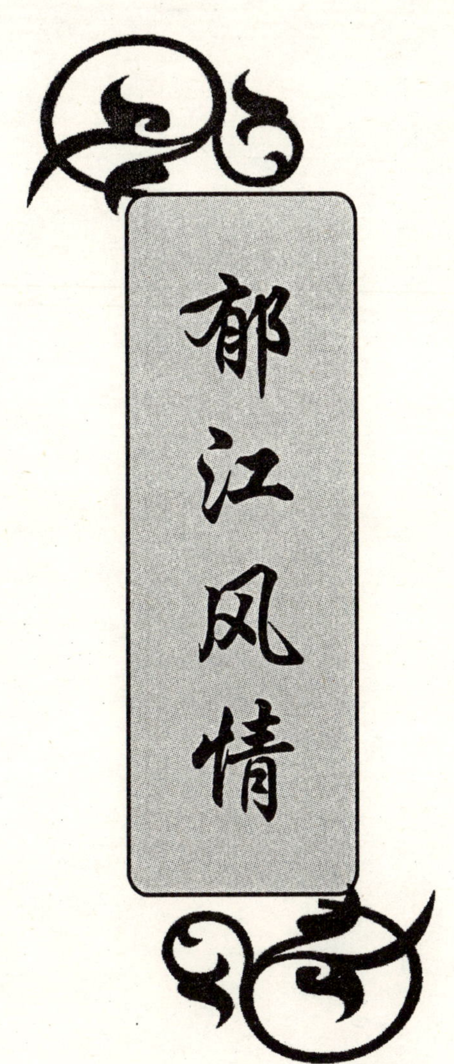

郁江风情

龙桥水电站大坝施工夜景

截流后的龙桥河

引水洞顺利贯通

水笑山歡巍巍銕塔輝明去

地靈人傑滾滾艇紅舞巨龍

乙丑初秋[illegible]熙撰书

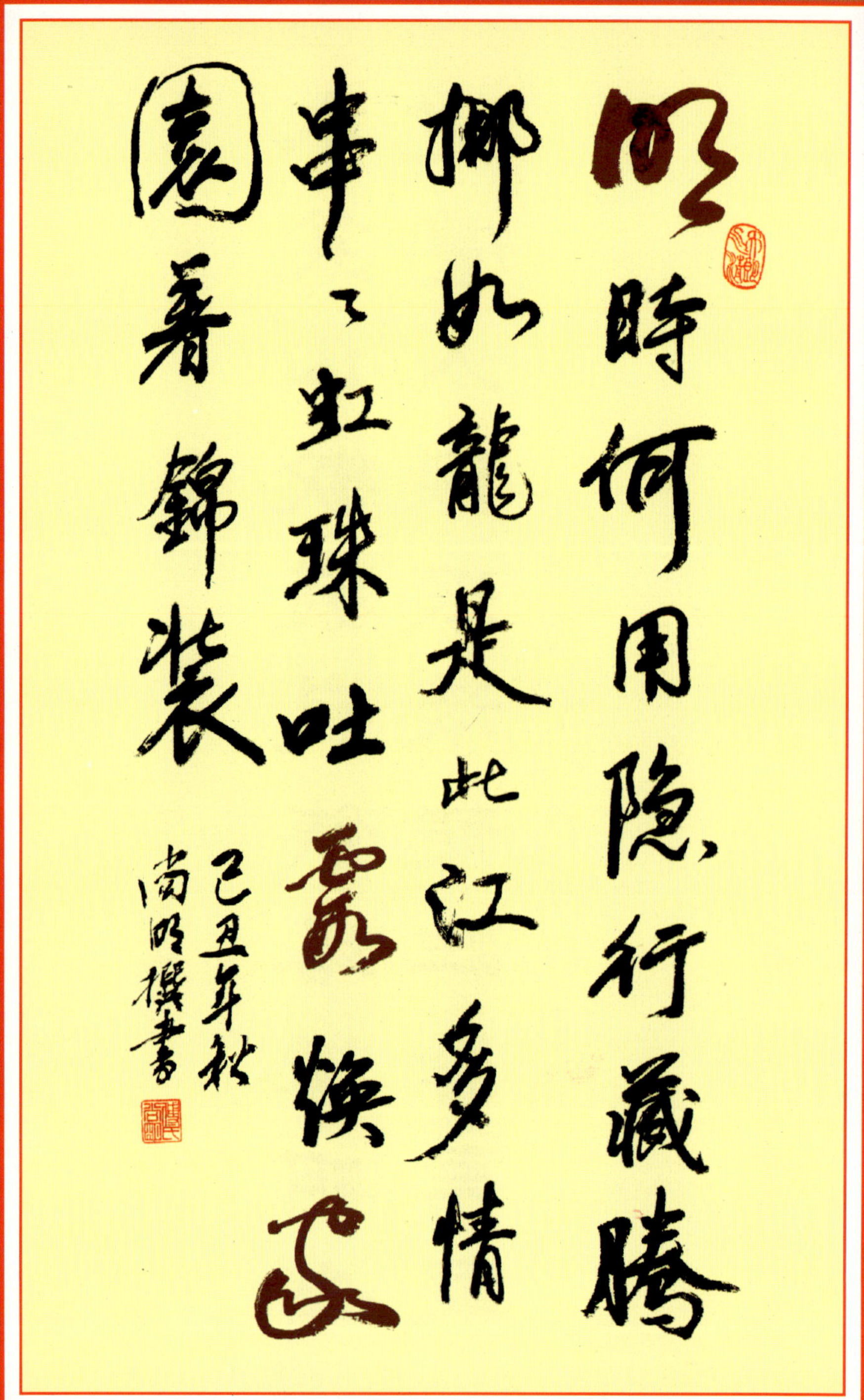

明時何用隱行藏騰
挪如龍是此江多情
串串虹珠吐霧換花
園著錦裝

己丑年秋
尚明撰書

和谐共生　共襄盛举

刘国清

2009年3月15日，沙溪乡斑竹园村头道路施工机械机声隆隆，施工车辆来回奔跑，修建斑竹园移民区公路又开工了。过去，由于少数村民对移民政策不够理解，曾被迫停工近半年。在市委、市政府的高度重视和关心下，沙溪乡政府领导组织协调专班，发扬不怕磨破嘴皮、走破脚板皮、厚着脸皮的“三皮”精神，对库区19户移民通过耐心细致、反复不懈地做工作，才使征地移民工作得以顺利进行。

2005年4月，龙桥水电站开始了前期施工。沙溪乡政府专门组建了征地协调专班。他们同郁江水电公司龙桥项目部的同志一起走进了征地移民的前沿阵地，通过召开动员会、个别做工作、反复宣传政策，多数移民都能理解，配合专班的工作。但少数村民为了达到超越政策补偿标准、承包工程和安置亲友等要求，常常堵路阻止施工。

工程前期施工时，村民堵路达8次之多。新修进场公路需要拆迁1栋土木结构民房，房主提出无理要求，施工受阻，工期整整推迟了1个月。修建厂房征地时，个别村民非法承诺，煽动村民闹事。协调人员多次上门做工作，他都避而不见。乡党委、政府得知这一情况后，乡党委书记和乡长放弃节假日同协调人员一道顶烈日、冒风雨，忍饥挨饿，多次登门反复做工作，开协调会，讲解政策，受尽辱骂和威胁，历尽千辛万苦后终于完成了厂房征地。

大坝施工征地之初，部分村民反复性大，有时今天答应了，明天又反悔，导致大坝基础开挖、大坝坝肩开挖、浇筑、进场公路施工等整个过程，村民阻工数十次。协调人员总是一心想着群众，耐心细致地做疏导工作。沙溪乡政府协调干部谭乾和一心扑在征地移民工作中，在工作最忙时，他的亲戚被车撞伤，他没能去望一眼，只打了个电话问候一声，继续同专班的同志一起紧张工作。2007年正月初六他就来到了库区，直到3月25日因呼吸道息肉发炎了，才被“请”到了医院。项目部的职工从来没有节假日,更谈不上双休日了,天天坚守在第一线。征地移民负责人杜明学家中修建房屋,从动工到房屋落成,他一直没顾得上回家。

面对移民户开始对移民工作的不理解,工作专班坚决做到“打不还手,骂不还口”,每天上午一次、下午一次到移民户家,对男女老幼分别做工作,每户移民户的门坎他们都踏过数十次。开始,移民户家的狗见到工作队员又吼又咬,最后连狗都熟悉到摇尾了。精诚所至,金石为开。在整个移民过程中,没有强制搬迁一户,没有与群众吵一次架,没有发生一起安全事故。

在细心做好移民工作的同时,项目部与利川市电力建设办公室,市移民局,沙溪乡党委、政府一起克服重重困难,一切从移民的利益出发,反复征求移民意见,公示征地、拆迁补偿标准和移民安置方案。依照移民政策,库区道路只是恢复原功能(原斑竹园进出道路只不过是条羊肠小道)。为了搞好移民安置,为移民生产、生活提供方便,项目部出资数百万元修建了进村公路,实施了安全饮水工程;安装了专用变压器,架设了供电线路;组织机械设备和物资无偿为移民平整新区屋基,极大地改善了当地人民群众的生产生活条件,推进了移民新村建设,创建了和谐景象。

2007 年初,龙桥水电站下闸蓄水在即,由于少数库区移民对移民政策的理解有偏差,一时不与协调专班配合,水不等人,市政府高度重视,分管副市长组织有关部门领导到现场召开专题会议分析、解决移民工作中存在的问题。沙溪乡政府分管领导坚持在库区化解矛盾,实地解决问题,以实际行动感化了移民,为确保按期下闸蓄水赢得了宝贵时间。

龙桥水电站工程建设征地移民工作始终坚持以人为本,诚心为民,想群众之所想,急群众之所急,专班人员不辞辛劳、不怕困难,把人民的事情办实办好,谱写了一曲全心全意为人民服务的爱民赞歌。

荷花飘香醉游人

——沙溪乡荷花村游记

舒玖轩

阳春三月，百花盛开。我们在一个春和日丽的上午从利川市城区出发，一路南行。大约40分钟后，行进在山间柏油马路上的小车从一线峡谷中冲出。随之，眼前一亮，呈现在眼前的是美丽而又整洁的土家新村和大片开阔的良田。原来这里叫干溪坝，属郁江上游发源地之一，我们行程的目的地——荷花村就坐落在这里。

荷花村地处利川市城南34km处。这里气候温和，四季如春，海拔高度在700公尺左右。过去在黄氏庄园内池塘里的荷花，就因气候适宜，常开不败而远近闻名，人们就干脆把这里叫荷花，黄氏庄园叫花房子。改革开放后，这里建立村一级组织，就定名为荷花村。

荷花村是土家族和苗族集居的地方，地如其名，是一块人杰地灵的风水宝地。早在明清年间，荷花村就是从四川前往湖南的茶麻古道必经之地和中转站。千百年来，土家苗族文化与外来文化的融合，在活跃的经济支撑下，不断得到发展和传承。因此，荷花村体现古文化的景点和物事比较多。

村北是远近闻名的黄氏庄园——花房子。该房始建于20世纪初，占地10 000余平方米，由牌楼、左右两边朝门、院坝、四合院及附属用房组成。四合院内的天井是一口池塘，池塘是用来栽种莲子和养鱼的，池塘上架有一石拱桥，由雕花栏杆和雕刻的石狮子石柱装饰，造型逼真，做工精巧。整栋楼房建筑雕梁画栋，飞檐拱壁，展示了土家族、苗族古建筑文化的特点，古朴、大气、美丽、壮观。

在花房子右边山堡一侧是黄氏村寨，居住有几十户人家。四合院、吊脚楼规模宏大，能看出当时居住在这里的主人属名门望族，既是文化人，更是富甲一方。

花房子右侧小山堡上是黄氏的祖坟墓地。从圆形的坟墓外观看，多为苗坟。不难看出，荷花村曾是土家族、苗族共生共营的地方，一座座墓碑和石刻，记载了当时那段历史，反映了土家族、苗族团结进取的精神，彰显了土家族、苗族底蕴厚重的文化。

看完了古文化景点，还可欣赏土家族、苗族的歌舞和享受土家族、苗族的饮食文化。

在土家族、苗族文化中，有记载本地少数民族独特的风俗人情，结构巧妙、幽默有趣的传说和故事，有劳作时为统一步调、激发斗志和激情的号子和山歌、田歌等；有人死后，为陪伴亡人，歌师在灵前轮流击鼓歌唱的孝歌；有春节期间，伴随着彩莲船、车车灯等民间文艺形式，边舞边唱的灯歌；有姑娘出嫁前，哭爹妈养育的恩情、哭亲人的离别、哭媒人的阴毒狡诈以及婚后的痛苦生活的哭嫁歌，哭的内容丰富、形式多样；舞蹈除狮舞和采龙船外，主要有跳丧舞（俗名“打绕棺”），是这里流传最为广泛的一种丧祭歌舞，主要形式是由道士鸣锣击鼓，绕棺而歌，飞旋起舞，其风格粗犷奔放，刚劲夸张，内容十分丰富，表现了古人的渔猎生活，生活气息浓郁，动作别具特色。

在游览途中，游客还可以享受到土家族、苗族的传统饮食文化。油茶汤，酥香可口、油而不腻，回味无穷；活水豆腐，清香味美，如蘸着油酥辣椒吃十分爽口，俗称“牛打滚”或“马打滚”；土家腐乳、豆豉、咸菜等传统菜肴早已走出山外；土家腊肉享誉盛名，根粑、蓑衣饭更是土家族、苗族人的专利。

还有这里的刺绣耀人眼目，流传甚广，深受群众喜爱。花鞋子、花袜底、花围腰、花枕头、花荷包等绣花精美，绣的花、草、虫、鱼栩栩如生，美观大方，人见人爱。

解放后，荷花村大力兴办教育，出了不少文化人。因此，荷花人的思想也悄然发生了变化。特别是改革开放后，在村党支部的带领下，全村把精米、烤烟、生猪养殖作为支柱产业来抓，同时重视黄金梨的栽培和剩余劳动力的转移，千方百计引导村民增加收入。

在发展地方经济的同时，村里还注重打造优秀旅游名村。组织动员本村或附近村的村民在西流水新建了一处民族新村。新村楼房排列整齐，街道宽敞清洁。具有民族特色的村办公室就在新村中心地段，是村党支部、村委会办公场所，内设有青年民兵之家、计划生育宣教室、综治民调室。在窗明几净的会议室的墙壁上挂有上级党委、政府授予的“先进党支部”、“文明村”、“平安村”、“先进基层民调治保组织”等奖旗奖牌。

村办公室是民族新村的中心，作风扎实、与时俱进的村支两委班子就是全体村民的主心骨。如今的荷花村是镶嵌在郁江流域干溪坝支流上的一颗明珠，更是镶嵌在利（川）沙（溪）黔（江）这条出省公路上的一颗璀璨明珠。她已远远超过“荷花”这一植物名称的本意，成了名副其实的美丽之村、幸福之村。

23个月的辉煌

——"龙桥速度"写真

谢长青

一、从项目提出到项目上马不到一个月

1987年11月，湖北省水利水电勘测设计院编制了《利川市郁江河段水电开发规划报告》，该报告规划龙桥梯级为低坝引水式开发，装机容量12MW，年发电量0.635亿kW·h。由于该报告未对龙桥以上干支流进行水力开发规划，为了充分利用水力资源，利川市水利电力勘察设计院于2004年7月编制了《利川市郁江龙桥以上流域水电开发规划报告》，提出坝后式开发，装机容量25MW，年发电量0.935亿kW·h。

2005年3月14日，利川市郁江流域水电有限责任公司董事长王坤元、副董事长黄力勤、总经理冉启月和利川市电力公司经理胡启成到郁江干流和沙溪乡江口村河段现场实地踏勘，研究郁江梯级开发方案和拟建龙桥水电站问题，王坤元提出了调整郁江干流规划修编、将龙桥梯级规模做大的动议。3月24日，王坤元与时任利川市委书记杨天然、市长孔祥恩就龙桥水电站建设事宜进行初步协商，达成建设龙桥水电站的意向。由恩施州富源实业发展有限责任公司和利川市民源电力有限责任公司分别出资60%和40%组成龙桥水电站项目业主，参会各方一致认为郁江干流规划有必要进行调整。3月29日，孔祥恩主持召开市长办公会议，研究和解决龙桥水电站建设有关问题。同日，作为建设业主代表的龙桥水电站工程建设项目部正式进驻沙溪乡并挂牌成立。4月6日，黄力勤在武汉主持召开了由业主、设计、监理和咨询专家等有关人员参加的龙桥水电站工程设计咨询和进度协调会，对各项工作进行了周密、紧凑地安排。4月10日，与湖北省水利水电勘测设计院正式签订了《建设工程勘察设计合同》，与湖北省清江工程监理公司正式签订了《龙桥水电站工程建设监理合同》。4 月 13 日，龙桥水电站建设项目业主单位——利川市郁江流域水电有限责任公司在利川市工商局登记注册。4 月 14 日，湖北清江工程监理公司龙桥水电站工程监理代表处正式进驻沙溪乡展开监理工作。

由此，从一个新思路的龙桥水电站项目提出到项目上马用了不到一个月时间。

二、各种手续报批到项目核准仅用五个月

龙桥水电站项目上马后，迅即展开前期工作。由王坤元任董事长、黄力勤任副董事长、冉启月任总经理的项目领导班子迅速成立起来。王坤元负责项目全面工作，黄力勤负责项目各种手续报批、项目资金筹措和工程招标工作，冉启月负责工程建设管理工作。一支开拓奋进、求真务实、高效精干的领导班子为龙桥又好又快又省的建设提供了充分的组织、领导和决策保障。一个个的成果接踵而至：

2005 年 5 月 25 日，省水利厅以“鄂水利电复(2005)111 号”文通过《关于利川市郁江河段水电开发规划修编报告的批复》，同意将龙桥调整为混合式开发方案，正常蓄水位 585m，装机容量 60 MW。6 月 16 日，恩施州文物事业管理局以“恩施州文物函(2005)3 号”文下发了《关于郁江水电工程所涉范围文物调查勘探及保护工作竣工的通知》。7 月 13 日，省国土资源厅以“鄂土资储函(2005)42 号”文《关于审查利川市龙桥水电站工程矿产资源情况的函》，通过《龙桥电站工程压覆矿产资源调查报告》。7 月 15 日，湖北省水利厅组织专家对《利川市龙桥水利水电枢纽工程可行性研究报告》进行全面充分地评审论证，最终通过了可研报告的评审。7 月 29 日省电力公司以“鄂电司计(2005)93 号”文《省电力公司关于印发恩施利川龙桥梯级水电站接入系统设计审查的通知》，同意由省电力勘测设计院设计的郁江流域电站梯级接入系统。8 月 2 日，湖北省国土资源厅以“鄂土资预审字(2005)36 号”文《省国土资源厅关于利川市龙桥水电站建设用地预审意见的函》通过建设用地预审。8 月 8 日，省环保局以“鄂环函(2005)300 号”文《关于湖北省利川市龙桥电站工程环境影响报告书审查意见的函》，通过环评审查。8 月 9 日，省水利厅以“鄂水利保复(2005)152 号”文下发了《关于＜湖北省利川市龙桥水利水电枢纽工程水土保持方案报告书＞的批复》，通过水保方案审查。8 月 10 日，湖北省工程咨询公司以“鄂工咨一部字(2005)第 97 号”文向省发改委报送了《关于报送＜利川市龙桥水

利水电枢纽工程可行性研究报告评估意见>的报告》。8月22日，省水利厅以“鄂水利资函(2005)418号”文通过《关于湖北省龙桥水利水电枢纽工程水资源论证报告的审查意见》。

2005年9月2日，省发改委以“鄂发改能源[2005]740号”文下发了《湖北省发展改革委关于利川市龙桥水电站项目核准的通知》，至此，在5个月内，龙桥水利水电枢纽工程各种各样的审批手续全部完成并通过，龙桥水电站工程正式得到项目核准。

三、5个月时间完成截流

2005年5月7日，导流洞、交通洞施工单位中国水电十五局大型施工设备开始进场；6月12日，导流洞开挖；9月17日，导流洞贯通；7月27日，交通洞开挖；10月13日，交通洞贯通；8月28日，下线进场公路全线正式通车；9月9日，35kV江口施工变电站正式投产运行，为龙桥水电站工程建设提供了稳定的施工电源；11月1日，大江截流，导流洞过水。

短短5个月的时间让奔流不息的郁江水改变了流道，为后来的提前发电打下了坚实的基础。

四、主体工程开工18个月后首台机组发电

从2005年6月12日，导流洞开挖，到11月1日，大江截流，导流洞过水；从2005年9月17日，左、右坝肩开挖，到2006年3月6日，大坝基坑开始浇筑垫层砼；从2005年12月1日，发电引水隧洞开始洞挖，到10月26日，发电引水隧洞全线贯通；从2005年12月4日，发电厂房开工，到2006年11月15日厂房封顶；等等。这一个个节点工期的实现，迎来了2007年5月2日的成功下闸蓄水，5月24日首台机组成功并网发电。

业主清晰的思路、科学的决策，设计方案的不断优化，承建单位精心的施工，严格的监理；参建各方强强联合，精诚合作，从主体工程开工到首台机组发电只用了18个月。

五、和谐盛世铸就23个月的辉煌

龙桥水电站工程是一个总库容0.262 5亿 m³，装机容量60MW，多年平均发电

量1.69亿kW·h的Ⅲ等中型水利水电枢纽工程。从前期工程开工，到首台机组发电，只用了23个月的时间。其中，从项目提出到项目上马不到一个月，各种手续报批到项目核准仅用5个月，完成大江截流5个月，主体工程开工到首台机组发电18个月。对于恩施州的水电建设来说，不敢说它绝后，但它至少空前。这是恩施州水电建设史上的一个奇迹，在全国也属罕见，被业界誉为“龙桥速度”。单纯的求快，并不是业主的目标，而是要在充分保证工程质量和功效发挥的前提下又好又快又省。这些骄人成果的取得，它决不是单一孤立的，而是来之不易的。它离不开业主领导层智慧敏锐的经济头脑、开拓创新的企业精神、雷厉风行的工作作风；离不开设计、监理、施工等参建单位的精诚合作和咨询专家的悉心指导；离不开参建人员的辛勤工作和默默奉献；离不开各级党委、政府、部门和社会各界的关心、支持；离不开国家宽松的政策和和谐的社会环境。

“23个月”，看似一个普通的时间段，它是多么的来之不易！它凝聚了多少人的智慧、心血和汗水，它让参建者们一生难忘！

龙桥水电站工程建设者们用闪亮的智慧和辛勤的汗水绽放了恩施州水电事业中的一朵奇葩，造就了郁江流域上这颗璀璨的明珠，让它为利川郁江流域水电的全面开发散发它的芳香、闪耀它的光芒吧！

长顺电站三号机大修纪实

范洪春

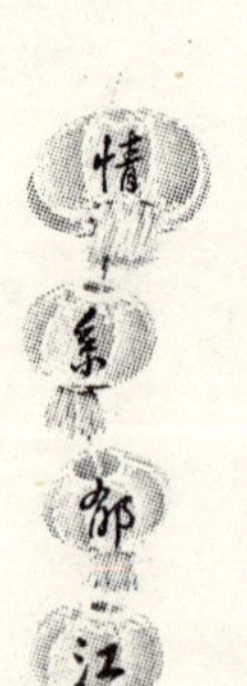

长顺电站是郁江流域梯级开发的第一个水电站，位于湖北省利川市长顺集镇，距利川城区 126km，装机容量 3×10 000kW(2007 年新增一台 5 000kW 机组)，1999 年 3 月首台机组(3＃机)投产发电，8 月，1＃、2＃机组相继投入生产运行。

经过近十年的运行，长顺电站 1＃、2＃、3＃机主机的各项技术指标均已超标。为了机组的安全和可靠运行，郁江流域水电有限责任公司领导决定对首先投运的 3＃机进行扩大性大修，下半年再对 1＃、2＃机组进行扩大性大修。公司经过慎重考虑，聘请了经验丰富的湖北大禹公司为施工及技术总负责，由长顺电站的生产技术人员协助配合。

经过几个月的精心筹备，2009 年 2 月 16 日，大修总负责人、郁江流域水电有限责任公司副总工刘玲飞一声令下，长顺电站 3＃机扩大性大修正式拉开了帷幕。

大修一开始就遇到了意想不到的困难。由于近十年没有进行过大修，推力头与大轴紧紧粘连在一起，怎么也拔不出来，整个大修的下一步工作也随之无法进行。大禹公司技术人员想尽了各种办法，我方也咨询了厂方及原安装公司，经过大家的反复研究讨论，制定行之有效的方案：利用热胀冷缩的原理，讲究科学实际进行施工。说干就干，现场焊制专用工具，反复将推力头加热到合适温度，再用人工拿大锤、铜棒、铁棒敲。大禹公司制作的专用工具被检修人员用坏了一个又一个，铜棒敲得弯曲变形，大锤敲得把手脱落，有时一天只能将推力头拔出几毫米。但是大家不怕困难，齐心协力，经过近十天的共同努力，终于将推力头完全拔出，为大修的下一步工作创造了条件，为整个大修的按时、顺利完成赢得了时间。

经过一个多月努力拼搏，日夜奋战，发扬无私奉献的精神，尊重科学，大胆创新，终于在 2009 年 4 月 7 日完成 3＃机的整个大修，一次性并网成功，3＃机组重新以健康的状态旋转起来。

光源的守护人

刘玲飞

带着“用我百点热，耀出千丈光”的梦想，20 世纪 90 年代，郁江河畔一群年轻的土家儿女，来到了利川西南一隅，即将发电的郁江流域最末一级电站——长顺电站，把他们的梦种在了这里。之后，郁江之上，雨后春笋般的绽出了云口电站、龙桥电站、峡口塘电站等一颗又一颗的郁江明珠，他们的梦也随之牵延辗转。岁月流逝，他们一度喜悦、欣慰；也曾经彷徨、苦闷，最终酝酿成一个不变的信念：用自己的汗水和热血，支撑起“光的发源地”。

他们默默地耕耘，呵护设备。开机、停机、巡视、检修是他们的魂；学习、车间、食堂、宿舍是他们的根。简单的工作重复做，重复的工作认真做，认真的工作天天做，就是这样他们让平凡的工作铸就了卓越，他们用一缕一缕锦线编制成美丽的长卷，他们守护着郁江明珠，守护着光的发源地，感觉到如同战士守卫着祖国边疆一样神圣，这才有了一天一天增加的发电量，安全运行的一个又一个“百日安全记录”。

无论是白天还是黑夜，无论是节日还是假期，他们都默默地守护着。他们只能从闪烁的信号灯和变换的控制屏幕上感受都市的华灯初上和轻歌曼舞的氛围；他们只能在机器的轰鸣声中聆听远处传来的家人团聚的鞭炮声。他们没有一点点的怨言，只有更加坚定的信念。

工程建设者们是光源的缔造人，生产运行人员就是光源的守护人，他们传承并发扬着建设者的精神，无论是冰凌雪灾，还是洪涝灾害随处可以看见他们奉献的身影。寒来暑往，四季交替，他们的信念不会改变：用自己的汗水和热血，支撑起“光的发源地”。

倾情铸就的郁江精神

张育亮

郁江发源于利川市福宝山，在恩施州境内其干流长88.1km。

2005年，郁江流域水电有限责任公司成立后，一直致力于郁江梯级开发。此前已建成了装机3万kW的郁江流域梯级开发第四级的长顺电站。龙桥电站的首台机组并网发电，充分肯定了郁江流域水电有限责任公司在克服前期准备时间短、交通运输条件差、工程地质条件复杂等诸多困难，仅用23个月时间建成了6万kW电站的“龙桥速度”的经验及龙桥建设者战天斗地的精神。

郁江流域水电有限责任公司利用创新的管理办法、以科技作后盾，将长顺电站50多位技术人员分布在郁江的各个岗位上，使其各位人员的才能得以发挥，体现了自身的价值。这正好印证了郁江流域水电有限责任公司王巨川副总经理经常给大家讲的“人挪活，树挪死”的道理。

地域的分开并没有拉开同事之间心灵的距离，反而增进了凝聚力，同时也提高了学习的积极性，使自身的业务水平得到了大大的提高，能更好地为公司发展作贡献。我们在不同的电站上班，但我们有着共同的目标：为股东谋利，为员工增收。我们都为了共同的目标奋斗，我们把“龙桥精神”发扬为“郁江精神”，长顺的人员在龙桥有“龙桥精神”，长顺的人员到郁江任何地方都会有“郁江精神”展现出来！我们无论是在龙桥、云口、长顺，还是在以后开发出来的电站岗位上，我们都是一家人！郁江人就会以“团结协作、不言放弃、尊重科学、讲究创新”为宗旨展现出“郁江精神”！

艰难的历程

——利川长顺水电站工程建设纪实

徐继承

(一)

在湖北省西南边陲，有一个美丽而神奇的山区县市——利川市，在这里居住有88万土苗儿女，他们世世代代在这里耕耘、收获，用自己辛勤的汗水在这片贫瘠的土地上为改变自己的生存环境而不懈地努力，不停地奋斗。然而，由于信息闭塞，交通不便，资金缺乏等各种主客观因素的影响，经过祖祖辈辈几千年的艰难创业，还是难以改变"送不起孩子上学"、"吃了上顿没下顿"的命运，他们还生活在日出而作、日落而息、肩担背磨、远离现代文明的原始自然状态。为了改变自己的命运必须与自然抗争，土苗儿女仍在不停地奋斗，不停地探索……

党的十一届三中全会以来，改革开放的春风吹遍祖国大地，在利川市委、市人民政府的正确领导下，以"思想大解放，经济大发展"为指导，加快利川改革开放的步伐，以全新的观念，全新的思维，科学的姿态对利川自然资源进行科学评价，经过认真地比较和研究认为，要培植新的经济增长点，加快山区经济发展，就要充分开发利用蕴藏量达46万kW的水能资源，而长顺水电站由于特殊的地理环境，要抢在邻界的四川(现为重庆)人之前开发而被列为首期开发项目。

(二)

利川市位于湖北的西南隅，与重庆的万州、黔江、彭水、石柱等县市边界相连，国土面积46.12km^2，其中土家族、苗族等少数民族占46%，素有"八山半水分半田"之谓，这里山青水秀，群山连绵不断，奇峰峻岭重重叠叠，河水清澈见底，河床内许许多多奇形怪状的石头，犹如镶嵌着玛瑙的玉带，沿着山岗蜿蜒漂荡。这里是

800 里清江的发源地，有众多的小流域分布全境，在这里还有一条奇怪的河，它由东向西倒流 3 800 里后汇入长江，这条河的名字就叫郁江。郁江水能资源丰富，理论蕴藏量达 23 万 kW，可开发量 15 万 kW，装机 30 000kW 的长顺水电站就修建在这条河流上。

长顺水电站工程从勘测到主体工程完工，历经时间长达 15 个年头，跨越 3 个“五年计划”，经过了计划经济时期，计划经济与市场经济并轨时期和市场经济时期，刚一开工就遇到国家宏观政策调整，银根紧缩，建设资金十分紧张，施工过程中又遇施工设备不足，交通不便，材料运输困难以及施工用电故障频频等主客观因素影响，工程几上几下，多次面临下马，停止建设。但是，不屈的长电人迎难而上，在利川市委、市政府的正确领导下，在各级政府部门和股东的大力支持和关怀下，建设各方团结拼搏，科学施工，抓时间，抢进度，圆满完成了工程建设任务，顺利投产发电，取得了较好的建设和经营业绩。回顾长顺水电站工程建设历程，这是一段利川土苗儿女摆脱贫困奋斗的历史，也是一段工程建设者历经艰辛、不畏艰难、奋力拼搏的历史。

利川人民饱尝了没电的痛苦，没电就不能发展，没电就要远离现代文明，没电经济就不能提高。早在 20 世纪 50 年代，利川人民就自力更生建成了一座利用米糠发电的小火电厂，60 年代在清江流域修建了第一座水电站。目前全市共建小型水电站 95 座，总装机 2.8 万 kW，小水电的建设给利川经济带来了巨大的变化，增强了人们兴办水电，发展水电产业的决心，鉴于小水电属径流式电站，调节性能差，丰枯矛盾突出，必须转换水电开发新路子，开发和兴建具有调节能力的中型电站，才有发展前途，郁江开发被提上了议事日程，首期开发项目长顺水电站经过近四年的勘测和可研，1991 年 11 月湖北省人民政府正式批准建设。

（三）

长顺水电站是郁江流域梯级开发的第一个项目，位于利川市文斗乡长顺坝，距利川城区 126km，大坝正常蓄水位 408m，总库容 6 833 万 m^3，控制流域面积 1 810km^2，淹没土地 1 995 亩，迁移人口 460 人；坝型为湖北省第一座碾压砼重力坝，装机容量 3×10 000kW，多年平均发电量 12 675 万 kW·h。整个工程由碾压砼大坝,发电输水管道、发电厂房、升压变电站组成。

长顺水电站工程是湖北省和恩施州“九五”时期的重点工程,是利川市的“三峡工程”,工程于1986年开始勘测设计,1986年4月省计委批复项目建设建议书,1988年9月省计委批复设计任务书,同意建设长顺水电站,1989年11月批准采用碾压砼重力坝,12月批复初步设计,1990年7月湖北省人民政府批准开工建设,1993年9月国家计委批复可研报告,1999年3月2日首台机组并网发电,8月5日3台机组全部投产发电,2000年6月24日,主体工程全部建成。

人们永远不会忘记,1991年工程开工之际,利川市一年的财政收入不足7 700万元,要建一个投资达3亿元的工程,就是不吃不喝,也要奋斗4～5年。利川市委、市政府以人民利益为重,吹响了改变山区面貌的战斗号角,发扬艰苦奋斗精神,想方设法要建长顺水电站,又有谁会相信,举行了开工仪式,承诺的投资资金没有一分钱到位。“三通一平”已开展建设,导流洞正在开挖,土建施工单位已经进场……钱从哪里来?真是巧妇难为无米之炊,为了使工程建设得以顺利进行,利川市委、市政府采取多种方式筹集资金,加大筹资力度,但由于国家紧缩银根,资金不能及时到位,1993年10月,指挥部由于资金原因被迫与施工单位签订暂缓建协议,工程停止建设,这一停就达两年之久。

1995年2月,长顺水电站工程管理体制改革,实行市政府领导下的业主负责制,由利川市水利水电总公司为业主组建指挥部进行工程建设,在这期间一方面想方设法筹集资金,满足工程建设需要,另一方面抓复工谈判,尽早复工建设。但由于国家宏观政策未作调整,虽经多方努力,资金还是不能到位,在帐上无一分钱,工程即将又下马的情况下,1995年10月,利川水电人发扬“凑分分钱”精神,以泰山压顶不弯腰的英雄气概,在利川市水电总公司党委的倡导下,全水电系统职员勒紧裤带,集资100余万元支援长顺工程建设,解决了工程的燃眉之急。

由于资金不到位,工程建设就无从谈起,工程又将面临下马的危险,1996年4月,利川市人民政府决定改革工程管理体制,仍由政府组成指挥部负责工程建设。一批行政领导和水电专家临危受命,组成了一个强有力的领导班子,紧紧围绕工程建设和资金筹措开展工作,以现代的眼光研究工程建设的深层次问题,大家一致认为,长顺工程的根本原因是缺资金,要筹集到资金必须改革项目管理体制,实行项目法人责任制,组建有限责任公司对项目实行管理,而面临的现实问题是谁来投资的问题，如何寻找投资伙伴？美国协隆公司、武汉江海集团、深圳福田集团等有投资意向，并前往现场考察，由于各种原因而告吹。一个意外改变了长顺的命运，1996年，原国投中型水电公司总经理张道富、副总经理纪卓才、处长范增元等领导前往建始小溪口电站考察投资事宜，这个消息传到长顺工程指挥部，指挥部马上召集会议，决定组织强有力的班子前往小溪口，邀请中水公司领导到长顺工地考察，经过多方工作，张总经理决定到长顺看一看，通过实地考察，中水公司决定投资建设，在湖北省电力公司、湖北省投资公司、恩施州电力总公司、利川市水电总公司的大力支持下，1997年11月组建了项目法人——湖北省利川市长顺水电有限责任公司，困扰工程的资金问题得到根本解决，人们看到了长顺工程新的曙光。

整个工程累计到位资金29 369万元，其中资本金5 000万元，股东融资和项目融资达24 396万元！

有了钱也不能乱用，要把有限的钱用在刀刃上，长顺的建设者从实际出发，实事求是，依靠科学，果断决策，采用新技术，优化设计方案，节约工程投资：一是导流洞由衬砌改为喷锚，节约投资达150万元；二是引水管道由洞挖改明挖，既简化了施工方法，加快施工进度，又节约投资达50万元；三是采用表孔弧门水上飘运技术，表孔弧门设计采用起重设备吊装，但由于现场无吊装设备，外调设备运输难度大，费用高，大胆采用水上飘运技术，既缩短了工期，又节约了费用，少投入资金达120万元，弧门的提前安装，增大了库水量，多发电6 000万kW·h，创效益2 000余万元……，由于长顺人充分发挥聪明才智，大胆采用新技术，实行创新管理，节约投资达1 500余万元。同时，他们还制定和完善财务规章，强化财务管理，减少非工程项目支出，把资金管好用好。

（四）

长顺水电站工程自1997年改革项目管理体制后，严格按照现代项目管理要求进行规范管理，实行项目法人制、招投标制、合同制、监理制和质量终身责任制，工程由湖北水利水电勘测设计院设计，华源水利水电工程咨询公司实施监理，葛洲坝集团第五工程公司、机电公司、科研所、水电三局机械厂、葛洲坝基础公司负责施工。工程开工以来，在项目法人、设计、监理、施工等单位的共同努力下，克服资金不足、交通不便、施工环境差等困难，在条件特别恶劣的情况下终于将工程建成投产。人们都说长电人是一群了不起的人，他们严守职责、兢兢业业、团结拼搏、无私贡献，他们的脉搏随着时代的节奏跳动，他们的思想如同日月放射着不朽的光芒。

余中安，长顺公司总经理，20 世纪 70 年代毕业于武汉水利电力大学，参加过大河片等工程建设，有近 30 年的水电工程建设经验，在长顺工程上也滚爬了 10 余年，1997 年 11 月受命出任总经理，担当起工程建设的重任，他给人的印象是豪爽、实在、谦虚、聪慧、进取。他说：工程的资金虽已有承诺，但还未到账，大量的工程施工还要我们去完成，我们的担子还很重，我们还要继续努力才能完成任务。我们还面临更大的困难。

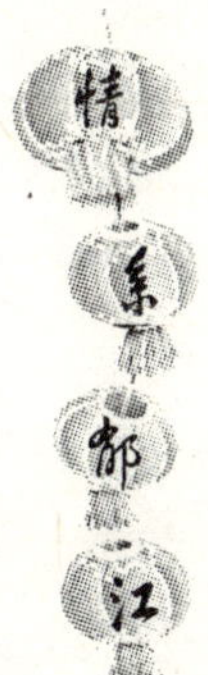

王坤元，恩施州电网管理局局长、恩施州电力公司总经理，他是恩施电力管理和发展的总设计师，长顺水电站工程的建设倾注了他的心血和汗水。1996 年，长顺水电站工程资金枯竭，工程又面临下马，他以战略者的眼光，分析工程面临的困难，想办法、出点子，以州电力总公司名义担保融资 2 000 万元，解决了燃眉之急，使工程建设得以继续进行。1997 年，长顺工程项目管理体制改革，他积极联络投资伙伴，多方作工作，得到了有关部门的支持，顺利组建了有限责任公司，在工程建设过程中，他多次到现场指导工作。1998 年 3 月，王总提出了确保年底发电，确保安全渡汛的工作目标，要求公司领导要解放思想，打破常规，尊重科学，实现质量、进度和安全三统一，这对推动工程建设起到了至关重要的作用。

人们不会忘记，1998 年 1 月 1 日，公司正式接管工程以来，正当长电人准备大干一场时，又遇到了新问题，施工单位设备数量不足且完好率低，施工强度不够，月月计划完不成，严重影响了工程进度，怎么办？协调小组组长刘选培、总经理余中安组织召开紧急会议，赶赴葛洲坝集团直接与原总经理乔生祥面谈，要求增加长顺工地的设备和施工技术人员，得到了乔总的大力支持，设备和人员被紧急调运到工地，增强了施工力量，工程建设又有了新的起色。

人们不会忘记，1998 年 4 月，正当掀起新一轮施工高潮之时，郁江突发洪水，洪峰流量达 495m^3/s，这样的流量在历史上同月很少有，大坝过水影响施工，降雨又引起施工电源中断，施工难度又增大，长电人为确保工程施工不中断，一方面调整工作面，一方面抢修电源。1998 年 8 月，起重桥机从河南新乡起运，按常规运到工地只要一个星期左右时间，由于设备超长超宽，进场公路狭窄，弯道多，前前后后花了20余天，影响了机电安装和厂房的施工进度；资金虽有承诺，但没有到账上，总经理余中安带领原副总经理谭明月和财务负责人王中贵常年奔波在外，将资金组织到位，满足工程建设需要，副总经理张明友常年坚持在工地，组织工程施工，保证工程顺利进行。

人们不会忘记，由于大水冲毁了公路，从外面调运的水泥通过人工转运后才能运输到工地，为的是使施工所需材料不能断档，不能影响施工。

1998年是工程大施工年，也是关键性的一年，一个月不能完成计划，就要影响整个工期，工期就可能增加一年，不但要增加投资，还影响按期投产发电，推迟一年发电将减少发电收入4 000余万元，为了抢工期，与施工单位签订目标责任状，拿出百万资金作奖励，对控制工期项目实行重奖重罚，按期或提前完成给奖励；召开现场施工协调会，及时解决施工中存在的问题，协调建设各方关系，仅此一年完成土石方开挖31 680m^3，浇筑砼113 796m^3，钢筋制安1 645t，帷幕灌浆2 019m，固结灌浆519m。月浇筑量创工程建设以来最高纪录达3万余m^3，不懈的努力终于实现了1998年12月下闸蓄水的目标。

长顺工程自开工以来累计完成土石方开挖311 680m^3，完成土石方回填80 663m^3，各类砼浇筑243 120m^3，钢筋制安3 639t，各类灌浆16 943m，喷绘砼3 962m^2，浆砌石16 200m^3，金结制安2 053t。完成工程总投资31 250.95万元，其中建筑工程12 778.6万元，机电安装4 289.7万元，金结制安1 113.1万元，临时工程2 003.41万元，水库淹没及补偿2 396.86万元，输电线路2 151.46万元，消耗主要材料：木材2 415m^3，钢材4 691t，水泥53 002t，粉煤灰14 420t，汽柴油1 477t。

（五）

人们不会忘记，为建长顺水电站工程，库区移民作出了贡献和牺牲，俗话说："睡的好不翻，住的好不搬"，祖祖辈辈的传统习俗根深蒂固，亲手建造的家园难舍难分，一旦要背井离乡，移民们一时很难接受。长顺水电站工程移民涉及到重庆的黔江和湖北利川两个乡，1 7个村，66个村民小组，1 201户，4 711人，迁移人口

460 人，企事业单位 8 个。1991 年利川市人民政府成立征地移民办公室，负责征地和移民搬迁工作。移民干部大力宣传移民政策，不厌其烦地给移民做工作，动之以情，晓之以理，终于得到了库区人民的支持和理解，移民让出了自己的家园，有的自觉搭起了简易棚，主动搬迁。移民前期，由于工程资金紧张，厂区移民和库区移民必须搬迁，移民资金又不能及时兑付，为了保证移民生活，采用变通方法进行补偿，已签协议者不付资金。按银行利率一年分两次予以补偿；未签协议者按夏、秋两季的粮食产量和市价予以补偿。移民们理解工程资金的困难，使我们深受感动。

1999 年汛期一场洪水，库区水毁情况严重，部分房屋和庄稼受损，在移民们心疼不安的节骨眼上，公司主要领导亲临现场，抢险救灾，及时将损失报告董事会，给予了适当补偿。

人称移民工作是“天下第一难事”，由于利川市人民政府重视工程的移民安置工作，先后制定了移民安置政策和补偿标准，坚持“发展大农业、实行开发性移民、就近就地安置”的原则，注重移民生产发展，共改建公路 11km，共建中小桥梁 6 座，完成大小涵驳工程 40 余处，搬迁房屋 118 户，新建移民新街，搬迁小学 1 所，管理区 1 个，企业单位 2 个，改建邮电通讯线路 1 条，拟建鸡翅膀至大坳 380kV 输电线路 1 条。由于加强了领导，移民能搬得出、稳得住、能发展，移民生活发生了根本性的变化，昔日那高山峡谷靠河滩上的土坯小房已无影无踪，栋栋小洋楼焕然一新。

长顺水电站工程累计拨付移民征地补偿费 2 418.50 万元，其中青苗补偿费 22.678 3 万元，土地使用税费 362.5 万元，房屋搬迁费 123.382 万元。

（六）

建设利川长顺水电站工程是利川市人民政府为摆脱山区贫困，造福利川 83 万人民所作的重大决策，工程在建设过程中，得到了各级政府部门和领导的支持和关怀，原湖北省人民政府省长蒋祝平、副省长王守海、周坚卫、高瑞科等先后在有关报告上批示，要求有关部门全力支持长顺工程建设，原国投中型水电公司总经理张道富、副总经理纪卓才、处长范增元，专家鲁克瀛，华源水利水电咨询公司总经理翟益涛，副总经理胡允谟，湖北省电力公司主任方贡清，宏源公司总经理罗次安，湖北省投资公司处长邓彦桥，湖北省水利厅副总工陶建生，湖北省设计院副院长徐平，省农行系统各级领导，恩施州州委书记刘贤木、州长郭大孝，副书记陈天会，副州长任振鹤，恩施州电网局局长王坤元，副局长钟子文，原利川市委书记冯祖强、彭军，原市长陈传仪、兰胜利、陈武林，副市长甘立友、叶太俊、瞿赫之、刘选培、谢芳春，原人大副主任胡胜林，政协主席殷良银、副主席田植椿，利川市计委领导麻祖盛、黄正蔚等亲临现场指导工作，有些长期在施工现场组织和领导施工，为长顺工程建设倾注了心血和汗水。

人们不会忘记另外一位人物，他就是长顺工程的设计负责人、湖北水利水电勘测设计院副总工张世侃，人们常说："长顺工作什么都在变，只有设计总工没有变。"从工程勘测到竣工，先后经历达十五个年头，他不畏年迈和艰苦的工作环境，常年战斗在工地，为长顺工程默默地贡献着……

（七）

人们不会忘记，为把长顺工程建成一流工程，建设者视质量为生命，建立和完善质量管理体系，严格实行"三检制"，强化质量管理，为党和人民完成了一份满意的答卷。1995 年，长顺工程复工建设以来，首先就招标选择监理单位，推行质量终生负责制，在保质量的前提下抢进度，严格实行监理制，做到 24 小时跟班监理，公司投资 50 余万元建立了水工材料实验室，严格检测砼质量和材料质量，合格者签证，不合格返工。处理质量事故坚持"三不放过"的原则，在进度与质量发生矛盾时，始终坚持质量第一。在湖北省水电质量监督中心站和恩施州水电质量监督站组织的质量验收评定中，引水管道评为合格工程，发电厂房评为优良工程，升压变电站评为优良工程。单元工程合格率 100％，优良率 56％。

长顺电站工程是一座历史的丰碑。它是集体智慧的结晶，它凝聚着工程建设者的艰辛、心血和汗水，倾注着各级政府部门、各级领导和股东的关怀，也倾注着利川市几届领导的心血，它显示着工程建设者的聪明才干和智慧，它镌刻着工程建设者为祖国、为人民作出的丰功伟绩。

发扬龙桥精神，再建水电伟业

中国水电十五局云口项目部　吴大勇

地处湖北鄂西的龙桥电站，砼主坝由中国水电十五局承建。2005 年 5 月底进点，2007 年 5 月建成发电，历时两年，工程造价 4.4 亿元。其中两台 30MW 发电机组，平均每天发电产值 15 万元，为郁江电力公司业主创造了巨大的效益，真实体现了中国水电十五局的企业文化：为股东创造效益，为社会承担责任，为员工谋取幸福；更取得了业主对中国水电十五局的高度信任，赢得了湖北鄂西人民的良好口碑。其中龙桥精神经恩施州电视台的报导，进一步把中国水电十五局推向湖北广大水电建筑市场。

什么是龙桥精神？答案众说纷纭。凡是参与龙桥电站工程的建设者都始终铭记着这样的龙桥精神，它就是“龙桥工程建设过程中，建设各方克服了前期准备时间短、工程地质条件复杂、对外交通困难等不利因素，采取超常规措施，仅用了不到 23 个月的时间，首台机组投产发电，为恩施州水电建设工程树立了新的里程碑，建设速度之快，在全国也属罕见”。龙桥工程的建设速度之快，创下国内碾压砼大坝之最。这是中国水力发电工程学会碾压砼专业委员会主任王圣培先生称谓定格，是郁江公司业主所推崇的龙桥精神。被湖北恩施州电视台重点宣传报导的龙桥精神，在湖北鄂西广为流芳。龙桥精神被比喻为建设神速的象征，顺应了湖北鄂西快速发展的需要，也顺应了中国水电十五局的企业文化，给企业带来巨大的无形财富。

龙桥精神第二种说法，是中国水电十五局龙桥项目部自创的工程建设目标，它是“服务业主，尊重监理，配合设计，服务社会，以质立业，铸造精品”。它的精神激励着中国水电十五局龙桥项目部的每一位员工，创下了每个阶段目标的超前实现。2005 年 11 月提前 2 天截流，2006 年 5 月提前 10 天达拦洪渡汛高程，2006 年底提前半个月达到大坝高程，2007 年 5 月两台发电机组提前发电。这些每个阶段目标的超前实现，展现中国水电十五局诚信履约，服务业主、尊重监理的态度，缔造精品的实力，是龙桥精神再度深化浓缩，迸发出丰硕的建设成果。在业主和鄂西人民心中又树起了龙桥第二种精神。

以上两种说法的“龙桥精神”，在郁江流域后续的云口电站工程项目中依然闪烁夺目。它激励着业主、监理、施工单位，为云口电站工程建设日夜奋战在施工一线，为云口电站工程质量恪守职责、尽心尽力，圆满实现2009年6月15日下闸蓄水的宏伟目标。

中国水电十五局承建云口电站双曲砼拱坝工程。在近3年的工程建设中，面对工程地质构造的缺陷，从导流洞、坝肩开挖、溢洪道开挖等，出现过几次险情。特别是云口大坝工程2008年11月8日因泄洪洞口山体崩滑自然灾害事故，造成整个工程停产20天，严重影响云口大坝工程的进度。但是为了云口大坝早日蓄水，按期发电，尽快受益，2009年4月，业主、监理积极行动起来。召开下闸蓄水的专题生产会议，对下闸蓄水的工程目标，进行认真分析，落实责任、制定奖罚措施。业主坚定的决心，强硬的指标，摆在每个参建单位的面前。

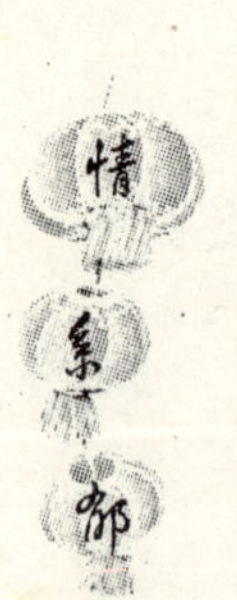

中国水电十五局云口项目部针对下闸蓄水工程目标召开多次生产会议，不断调整施工方案，制定施工目标。工期压力的紧迫，施工现场的狭窄，极不利于施工进程的展开。为了实现下闸蓄水目标，项目部制定详实施工计划，明确各施工部位的每天施工任务，制定奖罚措施。以“艰苦奋战60天，实现蓄水大目标”为口号，全力以赴投入到云口大坝施工之中。在中国水电十五局全体员工共同努力下，业主、监理的指导下，上级领导的关切下，于2009年6月15日云口电站工程胜利实现下闸蓄水目标。云口这座双曲砼拱坝，坝身光滑美丽的曲线在中国水电十五局建设者手下一步步形成，119m高的大坝高高耸立在流向郁江的乌泥河出口上，为郁江再增添一道绚丽的光彩，为鄂西人民再建一座丰碑。

龙桥、云口移民精神赞

——献给龙桥、云口水电站全体移民和征地移民工作者

徐继承

激流险滩消失了，高峡平湖出现了；喧嚣的工地减少了，熟悉的乡邻分离了，陌生的口音亲近了。

岁月的变迁，沉淀的是历史；生动的实践，凝结的是精神。

郁江流域梯级开发，移民成就了龙桥、云口水电站沧海桑田般的变化，也用生动的实践诠释了和谐社会的精神内涵。

那些平凡得模糊了容颜的人们，用离去的身影刻写了无声的誓言：利川经济的发展高于一切！

树有根，根在泥巴里头；人也有根，根在心窝里头。但移民自己说："你不搬我不搬，水电工程怎么建？"

未见高坝别故土，家园难离，亲情难舍，祖祖辈辈靠水靠山吃饭的移民们远走他乡。

农田被淹，家园迁建，房屋拆毁，没有豪言壮语，移民舍小家，为国家，用他们的行动诠释了顾全大局的精神。

宁可苦自己，决不负移民！甘于奉献的移民干部队伍保证了移民工作的顺利推进，也为和谐的干群关系打下了坚实基础。

"移民就是移爹娘"。只要与移民有关，什么事都是大事；只要与移民工作冲突，天大的事也是小事。广大移民干部将真情、奉献、心血和汗水投入到移民这一世界性难题的最前线。千言万语做工作，千山万水送移民，千头万绪理思路，千辛万苦办实事。移民干部舍己为公，为的是龙桥、云口水电站工程，是让所有移民"搬得出，安得稳，逐步能致富"。

思路决定出路。龙桥、云口水电站库区基础薄弱，发展任务繁重。只有充分发

挥后发优势，才能实现区域内及与其他区域的和谐发展。要发挥后发优势，就必须开拓创新。

沙溪乡、忠路镇充分利用移民搬迁的历史机遇，调整产品结构，提高产品质量和生产能力。

利川市政府确定了库区未来的发展目标，有支撑性产业，有就业能力的城镇移民基本实现就业，农村移民富余劳动力基本转移就业。

思想越解放，眼界越开阔，创新的步子迈得越大。自强不息，开拓开放的库区人文精神，正成为新库区建设的强大动力。

他乡如今是故乡。无论是外迁，还是就地后靠，面对熟悉或陌生的环境，龙桥、云口移民都很快开始重新创业，他们用自己的智慧和汗水，创造着更加美好的生活。

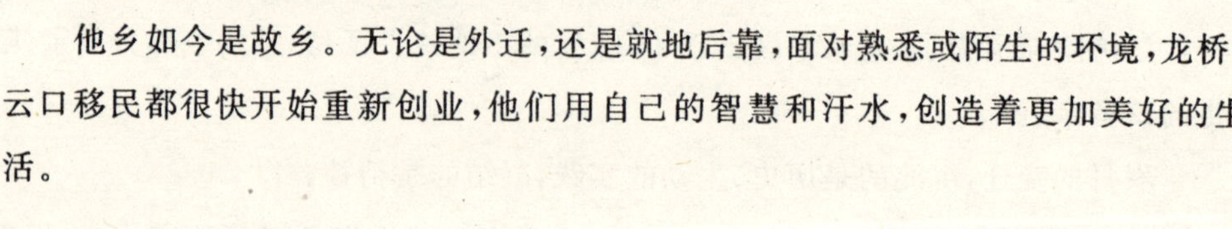

龙桥精神在长顺
综合自动化改造更彰显

黄学昌

长顺水电站是郁江梯级开发利川境内的最后一级电站，是郁江上修建最早，原利川最大的水电站，这颗郁江明珠有其辉煌的历史。而今郁江上游先后新建了龙桥和云口电站，让郁江变得更加绚烂夺目。时代在前进，科技在更新。为适应郁江新发展，提高自动化水平，长顺电站加大设备改造投入，采用新技术新设备进行了综合改造，提升了技术水平和科技含量。长顺水电站原本设备老化落后，公司领导高瞻远瞩，一是考虑郁江发展，二是考虑减轻劳力，对长顺水电站进行了综合自动化改造，抽出了大量的技术人员，分赴利川电力、龙桥和云口。在各岗充分展现长顺特色，大力弘扬龙桥精神。

长顺水电站综合自动化改造一开始就尊重科学，讲究创新，力求完美。公司领导重视，经理挂帅亲自抓，先后开了设计联络会，现场联络会，改造施工会，使新设备和现场实际相适合，为安全顺利完成奠定基础。施工的时候正值高温丰水大发的季节，记得有一次，我从长顺刚到沙溪，领导考虑长顺改造还在进行，马上又要下大雨，安排我立即返回长顺，车到利川没有停留，我也未回家看看家人就直接去了长顺。来回 430 多公里，没有休息，立即投入工作，把正在进行的工作做完，开出所有机组并网发电运行。最辛苦的一次是由于线路、主变改造要求一起停电，并拆除中控室所有屏柜。当时，拆除工作完成了，新柜子也安装就位了，但所有接线都还没有来得及接上，就下暴雨了。为了改造发电两不误，抢抓机遇发电，从早上 8 点到深夜 3 点，我们连续工作没有休息，连吃饭时间也没有，送到车间的饭热了变冷，冷了又热，也没有顾得上吃一口。终于皇天不负有心人，在深夜 3 点多三台机组成功并网满负荷运行。而疲惫不堪的我们已经饿得不想吃了，饭菜到嘴里已没有味道，倒在地上就睡着了。炎炎夏日浸满一身汗水，我作为改造主要成员不得不采取超常的工作速度和劳动强度，苦累算不了什么，每当实现自己的“壮举”时，所有委屈都融化在自豪与骄傲里。领导的器重给了我无比的信心，更让我没理由不好好走自己的路。由于需要兼顾发电和改造，时间紧迫，事情比较烦琐，加上原来出厂设备在实际应用中碰到很多原来没有考虑的问题，需要现场解决，只有连续加班加点。就这样，我们每个人都在单位领导不知情的情况下坚持着，没有因为改造而出现任何差错和安全事故，在规定时间内安全圆满地完成了任务。2008 年发电量达到了 12 419 万 kW·h，创造了长顺电站发电以来的最好历史记录。

我们都热爱我们的工作和生活的集体，心扎根郁江、情紧系郁江，集体给了我们劳动与收获的机会。能在这样的集体里工作，默默奉献自己的技能、青春、感情和汗水，感到充实和愉快。我们也爱家。小家在背后默默润泽、支持和鼓励，给予无数温暖和幸福，排解了后顾之忧，给予前进的动力，使我们每一天都能迎来一轮全新的太阳，朝气蓬勃地投入新的工作和生活。

这难道不是龙桥精神的最好体现？不，这不仅仅是龙桥精神，在郁江上每一个建设工地、每一个发电站随处可见这种精神，已经渗透到了每一个人、每一件事情、每一项工作中，这已经成为了郁江精神。

情系郁江弘扬龙桥精神

余良志

郁江，位于利川南部，由东北向西南“倒流三千八百里”后，在今重庆市彭水县城北注入乌江。因曾流经彭水郁山镇，故名郁江。

第一次到郁江，就潜入我灵魂深处的，令人魂牵梦绕的，便是那凉爽、甜润的郁江水。清脆碧绿，缓流皱波，若流云，若睡发。那是十年前的盛夏，顶着火一样的太阳，坐在摇橹木船上，吱嘎，吱嘎，摇晃的旋律，如坐银河行万里，赤裸的臂膀，感受清凉江水的浸润；干渴的嘴唇，品尝摇橹溅飞半空的浪花。铭记于心的快感，让我有了与桂林、与漓江对比的经历，让我有了清晨临江深呼吸、坐岸垂钓鱼的欲望，正所谓：画廊处处景不同，一任碧水群江妒。

十余年后，我的足迹，几乎踏遍了郁江：因水而生的隔河岩坝，仿佛观音圣手，筑起了仪态沉静的圣水平湖，浮起座座青莲似的岛屿；因水而开的泄洪闸处，惊涛拍岸，水卷千堆雪，尤若千万巴人汉子骤然奔腾的丰收舞；因水而倾的倒影峡，风情万种，气宇轩昂；柔情似水的女神，传颂着优美的爱情故事；与水相依的巴王洞，缦幕垂帘；浪花飞溅的丹水，纵情山涧……诸如此类，春雨细腻，宛若游丝，也能吻皱江水，漾起波痕；卷云漫舒，游走如龙，口衔苍穹，身绕翠山，尾似蜻蜓点江水，天、山、水共作一色。

龙桥电站建成投运已经两年了，电站从建设到投运只用了短短的一年半，这个奇迹一直被业内传为佳话。而这个奇迹是与很多参与电站建设同志辛勤的工作是分不开的，他们对工作科学严谨的态度是工程质量和进度的保证，工程上的难题被解决了一个又一个，无论严寒酷暑一直奋斗在这片山水如画的热土上，在这锦绣的郁江两岸留下了自己的足迹，挥洒着自己的血汗。

远看龙桥更像是“郁江山水”中的世外桃源。今天的龙桥有着先进的设备、全套的计算机监控和自动化系统，是一个结合现代技术和科学管理的电站。龙桥的点点滴滴都散发着郁江人“吃苦耐劳、艰苦奋斗”的精神，正是这种精神指引着郁江人不断地向前进。

让我记住一条河流的名字——郁江

陈爱国

一轮红日从江面冉冉升起，漫天朝霞映红了平静的大江，映红了广阔的大地，映红了人们的脸庞。江面上来来往往忙碌的船只，也披上了一层移动的金色。一幅鲜活的江南水乡的水彩画，刹是好看。这就是美丽的郁江。

刚踏出校园的我，迈着匆匆的脚步赶往人生的下一站——长顺水电站。当长顺水电站出现在我面前的时候，做好各种思想准备的我还是被她的雄伟所震撼，宽厚的脊梁、伟岸的身躯、精雕细琢的脸庞，我知道我的这一生将和水电有着不解之缘。我慢慢地走近她，悄悄地靠进她……

当第一缕阳光照射到大坝肩头的时候，此时的她就像一位曼妙的少女坐在镜子一样的郁江河边，梳理着晨妆；而当汹涌的洪水涌来之际，她却用坚实的身躯将洪水挡在身前，把它变得温驯，让它为我们送去光明之后，再继续着它的梦，向着乌江滚滚西去。

我不是构成一条路的主要元素，我只是路上的行者，和我亲爱的同事们手挽手、肩并肩在领路人的带领下把“郁江大道”这条路越走越宽。在这条路上，我们又镶嵌了“龙桥”、“云口”、“峡口塘”三颗闪亮的明珠。从此，我的心被郁江牵动，我的魂为郁江萦绕！我热爱郁江，就像热爱自己的生命，她，就是我生命的河流！

郁江给予我生活、工作、学习的热情，我给予她热爱、呵护和感激的真情，我会吮吸着郁江的乳汁，长成江岸山一样的男儿。

有时我也想去另一条路上看看风景，不巧却被一条大河拦腰抱住。她，让我记住了一条河流的名字——郁江！

深山峡谷谱新篇

——利川市云口水电站建设纪略

王宇　邹启昌　王美洲　谭洪

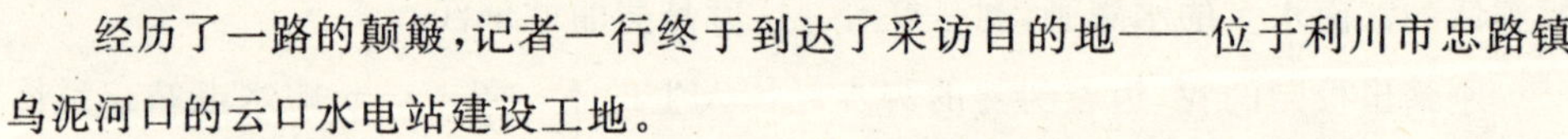

经历了一路的颠簸，记者一行终于到达了采访目的地——位于利川市忠路镇乌泥河口的云口水电站建设工地。

春日的乌泥河口，春水荡漾，山色如黛。不远处，建设一新的发电机厂房映入眼帘，安详而静谧的水电站大坝犹如一道点缀在幽深峡谷中的风景。

站在距大坝40m高的施工通道边上，俯瞰正在施工的大坝，大坝仓面上各种机械紧张而有序地工作，完全看不清施工人员的模样。湍急的乌泥河水此时温顺地流入导流洞。峡谷对面刀劈斧削般的绝壁上，工人们正在对大坝右坝肩岩体进行锚固施工。大坝上方飞架在峡谷两岸的钢缆纵横交错。

这些钢缆又有何用处呢？面对记者的不解，安全员介绍道，大坝最初开工的时候，就是通过这些钢缆将一台台设备吊到两岸，坝肩开挖才得以实现的。

2007年6月4日，这座装机容量3万kW、大坝高122m、总投资2.4亿元的水电站正式开工。到目前为止，大坝高程达到656m，厂房主体工程完工，2台发电机组安装完毕，升压站和110kV线路工程竣工，泄洪洞、发电引水隧洞已全线贯通，工程安全生产顺利实现“双零”目标，预计2009年5月底可实现下闸蓄水发电。这是恩施州电力系统继用最短建设工期创造出龙桥水电站奇迹之后的又一力作。

施工条件如此艰难，在不长的时间里，工程参建各方为何能取得今天的建设成绩？这背后又有着怎样精彩的故事呢？

一、安全管理常抓不懈

进入工程施工区后，等不及先到工程项目部，记者一行驱车直驶电站大坝施工区。正当记者迫不及待准备下车一睹大坝雄姿的时候，“对不起，请戴好安全帽才能下车!”操着一口陕西话的专职安全员拦住了记者。记者方才意识到匆忙之间竟忘了拿安全帽。到工程项目部取来安全帽，记者一行才得以进入大坝施工区域。这只是工程建设安全管理过程中的一个小插曲。

云口电站所处河谷狭窄，且河谷深切，大坝两岸悬崖陡峭，左岸为薄层顺层坡，施工难度大，如何实现安全高效施工，成为摆在参建各方面前的一道难题。

水电站参建各方认真贯彻执行安全生产的有关法规，强化安全制度建设，加强源头管理，做好安全基础工作，探索建立了一整套安全生产管理体系。

以规范安全管理为核心。工程成立了工程安全领导小组，业主单位郁江水电公司云口项目部负责人亲自挂帅，参建各方为成员单位，各方代表为责任人。按照“严、细、实”的原则，领导小组督促参建各方齐抓共管，不断强化责任；遇到重要节假日，由项目部负责人带头，实行24小时值班制度，加强生产区域的安全管理，制定和完善各项工程安全管理制度。

安全生产真抓实干。从2008年以来，项目部召开了12次安全生产专题工作会议，每次都制定下发了会议纪要，传达给相关各方中层以上干部；开展“安全生产百日督查”和“安全生产月”活动，针对有关活动中存在的问题，项目部会同监理单位给施工方下达安全隐患整改通知书，限期整改；为切实加强安全管理，郁江水电公司还在现场派驻了专业安全管理员；对习惯性违章作业坚决予以处罚，严管高危作业，从源头抓起；经常性开展安全教育活动。

云口电站大坝位于郁江一级支流乌泥河口，由于乌泥河主河道短，导致洪水汇流时间短，遇有暴雨，洪水来势凶猛。工程防汛成为摆在参建单位面前的又一道难题。

树立防汛意识。自工程开工以来，项目部就要求参建各方牢固树立防大汛、抗大洪、抢大险、救大灾的意识，成立以项目负责人为组长的防汛领导小组，多次召开防汛专题会议，细化防汛工作任务，制定了防汛应急预案和洪水预报方案。

强化责任。项目部与各施工单位签订防汛责任书，各施工单位与所属各施工队再签订防洪抢险责任书，明确职责。

加强预测、预报。项目部聘请气象专家常驻工地，随时提供天气情况，特别是水情预报；在河流上游安装雨量监测站，并修建水文站，收集准确的降雨和水文信息，及时掌握水情和雨情；长期坚持到导流洞等防汛重要部位查看来水情况，对坝址水位、流量进行实时监测，及时了解水情变化，做到防患于未然。

二、破解融资难题

2008年，当云口电站建设进行得如火如荼时，正值国际国内金融形势恶化，国家实施紧缩银根的金融政策，诸多金融机构提高了信贷审查标准，缩小贷款规模，云口电站建设遭遇了前所未有的资金困难。

为破解融资难题，时任州电力总公司副总经理黄力勤、多产业部副主任覃红等为此多方奔走，千方百计疏通融资渠道。通过认真研究分析金融形势，与多家金融机构联系，多次与中国工商银行、中国建设银行、国家开发银行、上海浦东发展银行、民生银行、中信银行等单位联系，寻求协调、配合，尝试新的抵押担保方式等多种筹资融资方式，积极筹措项目资金，采取了以长期贷款覆盖短期借款、联合贷款等方式。功夫不负有心人，终于将中国民生银行、湖北省工商银行对云口水电站中长期项目贷款融资到位，保证了云口水电站工程建设资金需求。

三、创新优化设计

在云口水电站工地采访，大坝一旁的绝壁上写着“优化设计、理解设计”几个大字，引起了记者的注意。

项目部技术负责人告诉记者，在工程建设过程中，设计工作跟着施工走，优化设计就一直伴随着建设的步伐。在云口电站，项目部和工程设计单位湖北省水电勘测设计院有着这么一个约定:小问题不过夜，大问题解决不超过一周。

设计院派出了经验丰富、专业齐全的设计人员常驻工地，组成设代组，对于施工中发现和存在的问题，设计方工程师现场提出修改意见后，再报设计院总工程师审定。

最初设计方案中，电站厂房位置靠山设计，需要对山体进行大方量开挖，而且为了防止开挖后的山体滑坡，还要对山体进行锚固。设计院驻工地工程师发现，可以将发电机厂房外移，从而避免对山体进行大量开挖和增加锚固以保证边坡稳定。经过科学论证后，设计院最终修改了设计方案，从而为工程节约投资300多万元，也加快了工程建设进度。

四、培养锻炼人才

来自广西柳州市区的容贤成毕业于中国农业大学水电工程专业，被恩施州电力总公司求才若渴的精神所打动，毅然放弃了城市生活，来到山区，献身恩施水电事业，被分到利川电力公司工作。

当云口水电站开工建设时，这位已经在利川龙桥电站磨炼了一段时间的小伙子，又转战到云口水电站。项目部有意识地将他安排到施工第一线，让他现场协调监理和施工单位。通过一段时间的锻炼，项目部又让他从事合同的起草和管理、工程的预算和结算等工作。项目部通过让他挑担子，给他施展才华的机会，如今，他已经能娴熟应用自己掌握的水电技术，胜任自己的岗位了。鉴于他的表现和能力，项目部聘任他为合同管理部副主任。

采访中，40 多岁的项目部技术负责人告诉记者说，随着他们这批水电技术人员年龄的增大，后备水电技术人员的培养工作便显得越来越迫切。因此，项目部在建设电站的同时，也在注重对水电技术后备人才的培养。

在项目部，有着荣贤成这种经历的还有其他几位毕业于知名高校的大学生，假以时日，他们都将逐步成长为未来恩施水电建设的技术骨干。

五、领导关怀鼓干劲

在云口水电站的建设过程中，倾注了各级党委、政府以及恩施州电力总公司领导的心血。

在工程的移民搬迁过程中，利川市和忠路镇相关领导多次为移民问题现场召开办公会，协调处理移民问题。建设中，利川公安局和安监局领导多次就治安和安全生产问题现场办公解决。

为鼓舞参建各方士气，恩施州电力总公司领导王坤元、欧阳俊等经常到工地看望建设者，并出面协调解决施工中遇到的各种问题。

在项目的立项过程中，时任恩施州电力总公司副总经理黄力勤为项目立项四处奔波。大坝最初开挖时，他一个月中就有好几天吃住在云口水电站建设工地。即使没有来工地，他也要经常打电话询问工程进展，并交代施工注意事项。

在工程建设初期，郁江水电公司总经理冉启月因要处理龙桥电站投产发电的有关后续问题，不能经常到现场解决和处理施工中遇到的问题，项目部就经常向恩施州电力总公司领导请示解决。恩施州电力总公司领导总是以最快的速度提出解决方案和意见。

在一次大坝溢洪道施工中，洞口上方突然塌方，几千立方米的岩石从洞口直落而下，左岸山体随之出现了裂缝。溢洪道施工到底会不会危及大坝安全？如果继续施工，万一对大坝安全造成危险，那后果就不堪设想，到底该怎么办？获悉这一情况后，恩施州电力总公司领导迅速出面协调，请湖北省水利厅、长江水利委员会的权威专家进洞察看详情，现场解决问题。最后，专家认为此次岩体崩滑对大坝不存在安全危险，并提出用锚索固定微小变形岩石体的办法，处理溢洪道洞口的岩石塌方问题。有了专家的意见，溢洪道才重新恢复了施工。从塌方到现场论证，再到重新开工，这一切只用了一个星期的时间。

如今，建设中的云口水电站正在成为当地的一道风景，引来不少的参观者。据2009年春节留守工地值班的荣贤成、曹立海介绍，2009年春节初一到初五期间，起码有3 000人来大坝参观过，他们有外出务工的本地人，也有来探亲的外地人。据悉，电站建设目前共上缴税金400多万元，为财政收入作出了贡献。工地附近的农民也在家门口找到了工作，他们的生活也因此有了改善。

随着云口水电站的建成，它将更好地发挥发电、旅游、养殖等综合效应，推动当地经济发展。

水电检修工印象

秦红艳

有人曾这样议论过我们的水电检修工:远看像要饭的,近看像收破烂的,仔细一看是干水电检修这一行的。这就是我们水电检修工给人的总体印象。就是因为那平凡的水电检修工,才换来了发电站的安全稳定运行,换来了郁江公司的快速发展,换来了酷热夏日的凉风习习、冰雪寒冬的融融春意。

水电检修,大到发电设备大修、技改工程,小到日常定检,水电检修工都事必躬亲,在检修的现场,往往能看到他们紧张而又专注的神情。检修工与设备耳鬓厮磨,他们是设备真正的知音,检修工的敏锐的眼力校正了一台又一台转子的中心,他们的耐心和细心,像润滑油一样滋润着机器的五脏六腑。

我们的水电检修工,如同一只只安静的瓷瓶,历经多少风吹雨打,仍然坚守着自己的岗位。我知道,他们有自己的骄傲和自豪——是他们,携手并肩撑起了电力事业的脊梁!

我们的水电检修工,如同一台高速运转的机器,不管寒来暑往,始终坚守着自己的岗位,他们有自己的信念和憧憬——是他们携手并肩撑起了设备正常运行的责任!

平凡而高尚的水电检修工,每时每刻,都有许多平凡而又感人的事迹在感动着我们,他们用坚实的行动告诉我们,只有一心一意地做好本职工作,尽职尽责地完成各种任务,才对得起自己、对得起企业、对得起人民。

水电建设者之歌

徐继承

我们可敬的水电建设者，他们用行动诠释着一种精神的内涵。

他们扎根于大山深处，那里几乎称得上是荒无人烟，没有手机信号，没有自来水，也没有电灯。如果不是去亲身经历，根本无法想像那种条件是何等的艰苦。但是，我们的建设者们在那里一呆就是一年、两年，甚至四五年。他们披星戴月，风餐露宿，忘我工作，黑夜与白昼对于他们来说，那只是太阳和月亮的区别而已。闪烁的焊光，隆隆的机声，让他们忘记了季节的变换，岁月的更替。他们穿梭于悬崖峭壁上，奋战在“硝烟和炮火”中。在如此艰苦、危险的环境中，他们总是从容自如，无怨无悔，俨然铁骨铮铮的军人。

为了工程进度，他们默默地忍受着孤独和思念的煎熬，放弃了多少次休息和与亲人团聚的机会，把思念化作勤奋的工作，我分明看见他们眼睛里闪动的泪花，谁说男儿有泪不轻弹？那只是未到伤心处啊！

在这群建设者中，有的一干就是十年、二十年乃至一辈子，但是从来就没有喊苦叫累，在工作的关键时刻，他们争先恐后，置个人利益在身后；在生命的危险时刻，他们挺身而出，置个人安危于不顾；即使遭受不测，也觉得是人生最光荣的壮举。每每问到他们累不累、苦不苦、怕不怕时，他们总是莞尔一笑，这微笑，需要多大的勇气啊！这微笑，需要多么高尚的情操啊！

年年岁岁多少事、平平淡淡才是真，虽然他们只是亿万平凡人中的很少一部分，但是在工地上感人的事天天都能看见和听见，当我看到那位新郎官第二天就赶回工地加班时，我的喉咙哽咽了，仿佛看到他一步三回头的情景，泪水潸然而下；当我知道吴大叔刚刚送走了老父亲，就返回工地时，我的视线再一次被泪水模糊了。

但是，当他们的成绩受到称赞时，当投产典礼上掌声雷动时，当龙桥、云口截流成功时，他们的欢声、泪水诉说了他们最美丽的心声！在这里，我要感谢他们，感谢他们让我们这一代年轻人不再困惑、迷茫，因为从他们身上，我们看到了这个时代的精神，那就是不怕困难，不畏艰险，无私奉献的精神！我们需要的就是这种精神！就让我们以这种精神为动力，为郁江公司的辉煌腾达添砖加瓦，为祖国的繁荣昌盛努力奋斗吧！

无悔的青春

张惠清

青春是我们人生中最美好的时光，是绚丽绽放的玫瑰，是满天星斗的光华！我们赞美青春、歌颂青春，是因为我们生命的精彩始于青春；我们赞美青春、歌颂青春，是因为青春是人生中灿烂的花季。就像我们电力人，将青春交给了矗立于深山僻壤的电站，因为有它，深山不再孤寂；因为有它，僻壤不再荒凉；因为有它，人间多了一份光亮，多了一份温暖，多了一份清凉。

和谐时代奏响奋发的号角，时代强音催促我们自强不息。改革开放以来，随着人民生活水平的日益提高，人们对绿色能源越来越亲睐。如何开发绿色能源？作为电力企业，责无旁贷；作为电力员工，责无旁贷。

在郁江公司，我们看到，领导干部率先垂范，以身作则；员工兢兢业业、一丝不苟。模拟盘前，员工们认真核对每一个接线端子；实验室中，他们专心做着电气机械实验；维护线路时，警惕的双眼不放过丝毫隐患；当人们在睡梦中露出微笑时，他们还在操作；当人们在假日里游山玩水时，他们还在忙碌；当人们共享天伦之乐时，他们还日夜奔波在崇山峻岭之间，辛苦在施工现场、生产车间。他们用火一样的热情，辛勤地工作。勤劳的汗水点燃了万家灯火，谱写了一曲曲时代赞歌。

时代在进步，社会在前进，新设备的投运更需要我们不断学习新技术，刻苦钻研新业务，不断总结新经验。郁江水电的发展壮大与每个郁江水电人同呼吸、共命运，从长顺电站到龙桥电站，从云口即将投运到峡口塘即将动工，每一个成绩的取得都得益于公司有个团结务实、积极进取的领导班子和一支勇于拼搏、扎实苦干的工人团队。

青草盼着雨露，因为雨露沁润心脾；大地渴望阳光，因为阳光孕育生机；人的使命是为理想制造翅膀，人所追求的目标越高，他的发展越快。我们怀着对电力事业始终不渝的追求，满怀着做大、做强郁江水电的信念，执着地为心中的目标奋斗。

生命的乐章，需要我们用勤劳的双手去谱写；生命的精彩，需要我们用闪光的智慧去演绎。“站兴我荣，站衰我耻”，“路漫漫其修远兮，吾将上下而求索”，只要我们苦心志、勤奉献，就一定能够谱写出动人的电力诗篇；只要我们众志成城、披荆斩棘，就一定能够铸就不朽的电力丰碑！

务相族风激励雁鹏程

——沙溪乡岸坎村印象

舒玖轩

从沙溪乡镇出发，沿郁江支流沙溪河顺流而上 3km，有一处集土家风情、山水风光、人文气质为一体的世外桃源，这就是沙溪乡岸坎村。

这里是典型的喀斯特地貌，山青水秀造就了独特的自然风光。一条清清的小河绕村而过，形成一道天然屏障，故名岸坎。境内的枫木岩地形十分特别，河流、沙滩、峡谷、绝壁、奇峰、古生物化石形成了一道道独特的风景。有诗写道："峭壁奇峰接远天，漫轻薄雾坠河涧。蜿蜒玉带盘青山，醉景游人置仙间。"还有那"深沟横卧自生桥，南北雄雄一样高。高树虬枝浓叶厚，长藤挂翠伴风飘"的岸坎自生桥等自然风光独特旖旎，令游人置身画景，犹如到了仙境一般，如痴如醉，流连忘返。

古朴的土家山寨岸坎村中心村落就坐落在这里，在山水环抱之中。走进村口，一眼就看到高大的土家庄园、宗族祠堂和古民居——土家吊脚楼。特别是那几处民国和清朝年间修造的民居，飞檐拱壁、雕梁画栋，其雕刻惟妙惟肖，无不栩栩如生，其做工之精细，无不让人惊叹叫绝。那些花、草、鱼、虫等的图像，那石碑石蹬上面意蕴深长的对联文字，无不展示着土家民族的智慧和才干。游人置身这里，厚重的土家文化将一览无余。

岸坎村的土家文化源远流长，土家族的民风民俗保存尚好，传承至今。除保存完好的古建筑、石狮、磬、檀香炉等文物和土家族人的原始生活用具外，这里的乐器也是一绝。有打击乐——锣、鼓，还有唢呐、箫、竹笛等，还有原生态的跑马溜溜调山民歌和用于各种不同庆典的祝酒歌。每逢劳作间歇或逢年过节，或婚庆寿筵，整个山寨都会鼓乐齐鸣，山歌四起，民歌悠扬，一派喜气洋洋的景象。

这里的土家族妇女擅长绘绣，绣出各式各样的绣花鞋、花鞋垫、花帽子、花围裙、花荷包，在这些物件上绣出花、草、虫、鱼是土家姑娘和媳妇们的拿手绝活。春秋季节气候温和，姑娘媳妇们端坐在土家吊脚楼上，一边哼唱悦耳的歌一边刺绣，一件件精致美丽的绣花物品在手指间轻快地完成。在饮食文化方面，油茶汤、“牛打滚”活水豆腐、土家腊肉、根粑、蓑衣饭……无不色香味俱全，让游人既饱眼福又饱口福。

岸坎村还是红色老区，当年贺龙元帅转战湘、鄂边区，足迹遍布每座山寨，至今流传着许多关于贺老总出奇兵，克顽敌，救民众的动人故事。

改革开放以来，岸坎村人民更是如鱼得水，他们用自己的聪明才智和勤劳的双手，一面保护传承古民居和土家文化，让更多的青年人成为土家文化的传承者和受益人；一面大力发展经济、加快生态家园建设的步伐。岸坎村人做到养殖业和种植业并举，把生猪养殖，水稻、油菜、辣椒种植等作为主导产业。让这里的精瘦肉、精米、精菜油、辣子王享誉盛名，远销省内外。如今富裕起来的岸坎村人正按照新农村建设的目标，正确定位，让一个“生产发展、生活宽裕、乡风文明、村容整洁、管理民主”的崭新的岸坎村展现在世人面前。

目前，该村各组都通上公路，并完成了水泥硬化主公路 7km，家家喝上自来水、户户用上沼气池，有线电视户户通、手机电话家家有，真是“楼上楼下电视电话”，过上了乡村中的城里人生活。村办公室窗明几净，办公用具一应俱全，支部活动室、青年民兵之家、计生服务室、民调治安室、来信来访接待室、娱乐室等设施完备，活动开展有声有色，村干部作风扎实，与时俱进，政路言路畅通，干群关系亲如一家，百姓安居乐业，岸坎村一派祥和气象。这正是：

富民政策鸿开康乐路，
务相族风激励雁鹏程。

细雨·黄昏

田应学

这个初夏是寂寞的，花园里竞相开放的花朵虽然灿烂，却没有蜂蝶的嬉戏，失去了往日的热闹。

这个初夏是多姿的，你看那天际的流云，婉转成一首优美的旋律，奏响在这个幽静的黄昏。

这个初夏是多情的，那纷纷扬扬飘飞的雨丝，就是它缠绵悱恻的情怀，似乎想要对你诉说什么？

我喜欢在这样的初夏的黄昏漫步，行走在龙桥电站到沙溪的路上，领略着这美好的暮色，一切都显得那么惬意。远处的山峦，在昏黄的暮色里变得模糊不清，只偶尔瞥见从山坳处窜出的一两只白鹭，打破这宁静的画面，给你增加几多惊喜。

河水清澈地静静地流淌着，它吟唱着一首千年的歌谣，低沉，轻缓。河面上，一群白鹅悠闲地游玩，不时发出高亢的鸣叫，应和着河水的低吟，好一首乡间夜曲。这样的黄昏是安宁的，舒适的。江岸边，数丛青绿的竹，掩映着幢幢乡间的屋舍，有几分寂寥，几分落寞。翠竹倒映在幽暗的河水里面，更显深幽沉静。水波摇荡，一株株竹影极力地探向河面，似乎想要真切地瞧见自己在水中的影儿。竹林中，不时传来几声清脆的鸟鸣，那是归鸟的呼唤。河的两岸，是层层的农田，此时已是葱绿一片。这一处深些，那一处淡些，好似水墨画一般的美妙。田地里，农民们披着暮色依旧忙碌着，微风中隐约听到他们的愉悦交谈。今年天公作美，本来干涸的田地迎来了几场及时雨，农民们便赶着将早已等得不耐烦的秧苗安置进了新家。秧苗在夜风的吹拂下，摇曳着，似妙曼的舞蹈。她们，此刻就是大自然的舞者。

炊烟袅袅，升上天空，婀娜地摇摆着自己的身姿，她告诉在远处田地里忙碌的农民，家人已经准备好可口的晚餐。或许也不算丰富，但也足以扫尽一身的疲惫。

夜的帷幕渐渐落下，天空开始变得更加昏暗，田地里的农民，纷纷踏上了回家的路。一路上，洒下了他们粗犷的笑声，那是对秋季收成的渴盼。路旁的小草也感染了他们的快乐，抖落一身的烟尘，精神焕发。

几丝冰凉拂上了我的脸颊，又下雨了。这个多变的季节，刚才的晴朗一扫而空，取而代之的是阴霾。细细的，密密的雨点，似顽皮孩子的笑声，忽轻忽重的沁入我的肌肤。我赶紧转身，害怕雨水打湿单薄的衣衫。雨丝渐渐密起来了，可以听见它碰触到路旁泡桐树上传来的“簌簌”的响声。这让我想起了小时候那低矮的房屋里听到的蚕吃桑叶的声音，这声音让人憧憬那满树的蚕茧，以及换来的崭新的书本。

回到家中，站在阳台上，看笼罩在雨丝和暮色里的沙溪小镇，那么宁静，那么安详。那棵黄角树经过雨水的冲洗，尘埃尽去，留下一身的清爽；那盆盛开的火红的花朵，仰起美丽的头颅，用娇艳的脸庞去迎接细雨的洗礼，她们摆动着，喃喃地低语着。她们，是这个黄昏的精灵。

这个黄昏，在这场细雨的洗涤下，褪尽了前几日的闷热。凉爽的晚风带来的是安静而又舒适的夜。灯，次第的亮了起来。夜，来临了。

我喜欢这样宁静的黄昏，喜欢这样一个充满幻想与希望的初夏黄昏。

科学发展观铸造龙桥精神

徐昌华

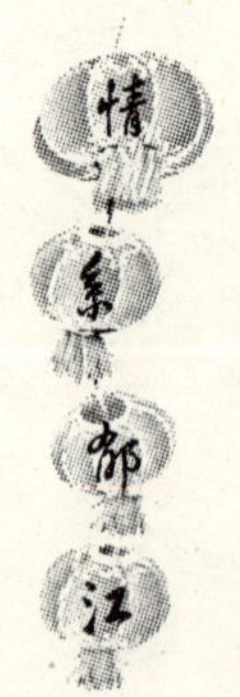

在鄂西南绵绵青山的深处，傲然绽放出一朵水电奇葩，它就是利川市郁江流域水电有限责任公司龙桥水电站，它向人们展示了一个中型水电站建设史上的奇迹。从前期工程开工，在不到23个月的时间里，就建成了装机6万kW、大坝高度91m的龙桥水电站，首台机组于2007年5月24日并网发电并成功投入运行，2008年5月工程全面竣工，其中，主体工程施工期仅18个月，被业内誉为“龙桥速度”。

龙桥水电站建设项目于2005年3月立项，作为恩施州能源领域“十一·五”规划的重点电源项目之一，得到了恩施州电力总公司的高度重视。项目申报后，2005年4月13日，由王坤元任董事长，黄力勤任副董事长，冉启月任总经理的郁江水电有限责任公司领导班子迅速建立起来。王坤元负责全面协调工作坚定有力，黄力勤负责项目申请、项目资金筹备和项目招标工作，很快赢得了州、市政府积极支持，同年5月，由利川市电力建设办公室、公安局、林业局、土地管理局、移民局，沙溪乡政府和龙桥电站项目部联合成立了龙桥水电站协调专班。2005年9月2日，在利川市政府及有关部门的共同努力下，龙桥电站可行性研究报告获得正式批准，湖北省发展和改革委员会下发了《省发展改革委关于利川市龙桥水电站项目核准的通知》。

在龙桥水电站建设过程中，省、州、市各级领导给予了亲切关怀。

2005年10月29日、2006年3月15日和2007年6月2日，时任恩施州州委书记的汤涛(现任湖北省委常委、副省长)先后3次调研龙桥水电站，表示要“将龙桥水电站建成样板工程”。

时任利川市市委书记的杨天然(现任州委常委、州长)十分关注龙桥水电站的建设，多次到工地实地踏勘、调查研究，召开多次专题会议研究有关问题，解决了许多实际困难。

利川市市长孔祥恩(后任利川市委书记)始终给予了高度关注和支持,多次召开市长办公会议研究龙桥电站建设中的协调、移民、交通、安全等具体问题。

市委副书记邢祖训,市委常委、副市长刘定学等领导在百忙之中抽出时间还多次莅临工地检查指导工作,并召开现场办公会,及时帮助我们解决了工程建设中的许多困难;利川市政府其他领导和市人大、政协领导刘西明、覃章秋、向辉、秦进、周光辉、张树昌、张康明、郭莉萍、覃太智、吴洪枢等为龙桥水电站建设做了许多协调、调研工作,同时提出了许多好的要求和建议;利川市直相关部门、沙溪、文斗、忠路各乡镇党委政府和乡直有关部门都全力配合。

在工程技术上,来自全国各地的专家大力支持龙桥电站工程建设。全国知名碾压砼专家王圣培、湖北省水利厅原总工陶建生、武汉大学教授方坤河、武汉化工学院教授喻幼卿、湖北清江监理公司原副总经理李义昌等多次到工地指导工程管理和施工,多次参加业主组织的工程技术咨询、审查会议。

"创建优质工程"是董事长王坤元对龙桥水电站建设提出的指导性要求,郁江水电公司切实贯彻"百年大计,质量为本"和"安全第一、预防为主"的方针,建立和完善了科学的管理体制,建立和完善了规范的管理制度,通过科学有效的管理与控制手段,在工程质量、安全管理、移民安置、建设工期控制等方面获得了很大成功,郁江水电公司作为业主方坚持以效能管理为先导,坚持实施以设计为龙头、施工为核心、监理为保证、业主服务全局的原则,很好地实现了工程安全、质量、进度管理的可控、在控。也逐步形成了一套完整的科学的龙桥管理模式,为郁江流域梯级电源开发乃至全州水电建设积累了宝贵的经验。

龙桥水电站工程征地移民共涉及沙溪、文斗、忠路 3 个乡镇的 5 个行政村,占用耕地面积 902.2 亩,林地 1 383.54 亩,房屋拆迁 20 户。龙桥水电站征地移民及拆迁设计概算 1 690.46 万元,实际投资约 2 600 万元,并因此带动 20 000 人致富。在利川市政府的直接领导下,库区淹没区搬迁 4 户,影响区搬迁户 15 户,遵照移民自愿的原则,按照异地和就近相结合的办法妥善安置,目前搬迁移民生产生活正常。

龙桥水大坝是恩施州首座已建碾压砼双曲拱坝,坝高名列国内目前在建同类型坝第五位,坝身泄洪单宽流量位居全国同类型拱坝首位。目前,龙桥水电站是恩施州自动化程度最高的水力发电站，已经达到全面视频监控、少人值班；也是利川市装机容量最大的水力发电站，装机达到6万kW，设计年发电量1.69亿kW·h，年产值可达6 000余万元，年创税收可达1 000万元左右；还可影响和带动本地区相关产业发展，产生经济效益近5亿元。

龙桥水电站的建设过程，是一首用无数人心血写就的恢宏的历史诗篇，也是一曲由无数个感人故事谱就的壮美的英雄赞歌，更是实践科学发展观的成功典范。建设过程中，参建的设计、监理、各施工单位积极配合通力协作；工程建设者们主动放弃了节假日和家人团聚的机会，放弃了每周双休日，几乎天天超负荷地工作，全身心地投入工作，每天晚上忙到深夜，连续几个月不回家，努力拼搏，战天斗地，无怨无悔地在龙桥工地奉献自己的青春和智慧，创造了"龙桥速度"。在如诗如歌般的辉煌成功的背后，凝聚着"科学决策、创新管理、团结拼搏、无私奉献"的"龙桥精神"。

用龙桥精神建成的龙桥水电站，是坚韧不拔、自强不息的山区人民实现的又一个创业之梦，它承载着土苗儿女勤劳致富的热切期望，它抒发了恩施州电力工作者敢为人先的无限豪情，它也渗透着水电建设者们不畏艰难、勇往直前的英雄气概。

龙桥水电站的建成投产，有利于充分开发郁江流域的水能资源，发挥流域梯级开发的整体效能，优化恩施州电源结构，提升本州供电能力，对满足全省用电增长需求也将产生积极作用。同时，也给利川市经济发展带来了新的发展机遇，还将作为全州民营经济发展链条中的重要环节，为促进全州电力产业和民营经济发展产生重大影响。

科学发展观铸造了龙桥精神，龙桥精神铸造了郁江水电事业的辉煌。

游龙桥电站

张金辉

“五一”假期，天公却不作美。连续的阴雨天，使我没有了外出游玩的打算。正巧有个朋友邀我到离沙溪集镇几公里远的龙桥水电站去走走，他说去看看龙桥水库的雨景，也许别有蕴味。自电站完工，我还没去过，便欣然前往。

初夏的雨，把大地清洗得碧绿透靓，天气也变得清新凉爽。我坐在朋友开的老爷车上，沿着沙活公路朝着龙桥电站方向驶去。

一路上，雨像是专为朋友助威似的下个没完。我摇下车窗玻璃，几颗雨点飘在我脸上，感觉丝丝凉意。忽然一阵清风吹来，我闻到了浓浓的花香味。定睛一看，前面不远处，公路边，河两岸，一片片橘树林像一块块绿色的毯子在雨中晶莹发亮，碧绿的叶子间冲出翠绿的苔，雨中带露，娇嫩欲滴，叶片下面花蕊吐艳，银白色的，乳白色的，淡黄色的，在雨里，在风中，散发出幽幽浓香，沁人心脾。

在花香朦胧中，我们来到了新龙桥。这是一座为修电站运输设备又方便群众过往的滚水桥。桥那头立着一块大石墩，上面刻着一大片文字，我知道，那准是修桥概况的记载。桥身是钢筋水泥结构，有 14 个过水孔，遇洪水时，水可以从桥面漫过，两边栏杆中间刻着“新龙桥”三个鲜红的大字，真正的“龙桥”却在几十公里外的忠路镇境内。为什么叫“新龙桥”呢？我想大概是此处位于龙桥河下游，也可能是此桥连着沙溪至活龙坪那条跨县公路的原故。修桥的人早已撤走，桥名的来历已无法考证，只留下躺卧在河面上默默地为民服务的大桥。桥面平坦宽敞，车在桥上行，看着湍急的河水，不由想到小时逃学的事情。读小学时，和同伴逃学到江口电站（龙桥水电站前身）去玩，也是这个季节，也是一个下雨天，来到这里遇河里涨水，水急浪高，没有桥，过不去，只有望河兴叹。身后走来一位大叔挑着一对箩筐正要过河，看出了我们的无奈，微笑着把我们两个小孩叫到跟前，一个箩筐里塞进一个，把我俩挑过了河，并叮嘱我们回来时一定要走山路，路远点，安全。虽然不知道大叔姓什么，从哪里来，只看见他挑着箩筐轻快地走进那片橘子林里的小路，消失在橘林尽头，那时也正是橘子花开时。大叔那温和的笑容与亲切的叮咛至今还温暖在我心头，如橘子花香，让我终生难忘。

沉浸在往事里，车子却把我带到了渡口。两边硬岩，河面不宽，水却很深，以前没有桥，来往的人都在这里过渡。先前这里有一间小木屋，住着一位摆渡的郭姓老人。屋里除了一张窄窄的单人床和两条木板凳外，临窗还摆着一架老式“上海”牌缝纫机，机身的漆几乎都磨掉了，锃光瓦亮，旁边搁着一张案板，是量布裁衣用的。老人精神矍铄，有一手好缝纫手艺，摆渡之余，做衣缝补，过渡的人都顺便在他那里定制衣裤裙袄，生意也还旺相。屋外有几棵松柏，树上拴着一只小木船，小船在水面上悠悠飘荡，使人生出无限遐想。据说现在还有人坐船到对面山坡上干农活，但木屋不复存在，两岸岩石上被行人的脚板磨得光亮的小路也已被杂草淹没，老人也早已回家安享天年，只剩下一河绿汪汪的清水和水面雨中荡悠悠的小船。我曾经坐过小木船，晃悠悠的，是一种惊喜而又惴惴不安的感受，也就是在这悠悠小木船里明白了“同船过渡五百年所修”“先上船，后起岸”的一些道理。

“哇！到了。”随着朋友的一句喊话，我回过神来，眼前是一处较宽的河谷，大河的左岸平坦处是一幢幢新修的建筑，那就是龙桥水电站厂房所在地，一条主渠道钻山近 2 000m 与上游的水库相连。要不是几座铁塔，水泥杆架着电线，你一定会认为那是一处山乡别墅，四周红花映衬，绿树环绕，地面青草丛中，奇石怪石点缀其间，像人，像佛，像动物，或仰望，或俯视，或端坐，或横躺，或侧卧，千姿百态。机房、住房、办公楼、厨房、卫生间，错落有致，功能齐全，虽是“五一”假期，工人们还坚持在各自岗位上加班加点，为千家万户送去光明。

出厂区大门，沿大河而上，河谷越来越狭窄，目力所极仿佛一线天了，来到这里，你会感叹大自然的鬼斧神工。两岸青山如刀砍斧切，层次分明，好似人工堆砌，高耸入云。河床上怪石嶙峋，河水清澈见底，鱼群穿梭。要是晴天，邀朋引伴，来这里垂钓野炊，那更是别有一番风味。一座钢筋水泥桥横跨大河两岸，沿右岸公路上去穿过约 1 000m 长的交通洞就到了电站水库。我们把车停在交通洞口，下车刚走几米远，就传来“放炮啰！放炮啰！”的喊声，我们跟随工友躲进了交通洞，听工友说工人们还在做工程的收尾工作，修旅游便道，焊钢筋防护栏。“轰隆隆”几声炮响过后，我们才又撑开雨伞走到水库大坝上。站在 90 多米高的大坝上，就像登山队员悬在半山腰，仰望峰顶却不知顶峰在哪里，两边的山近得仿佛你站在中间一伸手都能触摸到，山上的一草一木清晰可见，好似两位挂满绿色藤蔓的远古巨人，将你拥在怀中，倾听他们开天辟地后狂欢地心跳。

顺着山势朝前看，映入眼帘的是濛濛雨雾中的绵延青山和蜿蜒曲折的狭长水道，那一泓碧绿的河水哟，雨雾里，恰似仙女抛下的彩袖，又像一条翡翠做的玉带缠在山腰连接遥远朦胧的天际，被那多情的雨点溅起朵朵浪花，好像幽蓝的天空中颗颗繁星挤眉弄眼抛给你的温柔眼神。水抚摸着山体，更显山的雄伟，山倒映在水中，如同长发姑娘在对镜梳妆。一阵山风过后，雨点一拨一拨地拍打在水面上，宛如大珠小珠落玉盘，奏出大自然美妙的音乐，荡起一浪一浪波纹，由近及远，飘向山边，飘进雾里，飘到遥远的梦一般的地方。

走上便道，旁边搭着一个工棚，工棚里有一张床，一张白木桌子，一把老式椅子，桌上躺一部专用电话，板壁上挂着一副望远镜。一个看水库的热心老工人把我们带到库边一个避风的地方，指着泊在水面的小木船说我们来得不是时候，要是太阳天，他会划船领我们去上游看悬崖绝壁、飞瀑凌空，看猴子、山猫等野生动物，还能到达忠路镇境内在建的云口水电站营地。他说他经常为游客义务划船观光。我们也很惋惜来得不是时候。交谈中，我们得知老工人在这里30多年了，原先的电站就是他们那代人一手一脚修起来的，发了几十年的电。三年前修新电站，他又申请留下来，新电站完工了他又申请来守库，独自住着不能遮风避雨的工棚，每天拿着望远镜看着水位，抄着枯燥乏味的数字，每隔一小时有无情况还要上报一次，翻来复去地重复每个环节，谁受得了？但老人却把它当成重任和职责，他说要是不报，水位涨起来就会淹了上游在建电站的工地和村民的庄稼，洪水来了不及时泄洪就有决堤的危险，会给国家造成巨大的损失。

看着老人一脸沧桑和斑白的头发，我看到了春天过后的另一道风景，在工棚的不远处，老人种着几棵橘子树，正开着黄灿灿的花，发出阵阵幽香。老人看出了我的疑问，说这是库区人为修电站，献出了土地，毁了庄稼、果树，这是他捡来栽的几棵，作个念想。听完老人的一番话，透过钢筋水泥浇筑的的大坝，我看到了许许多多像老人一样为了国家建设默默奉献的人们，他们不正像盛开的橘子花，无私奉献，再大的风雨也不能淹没他们的芬芳。

天近傍晚，我们告别老人，沿着来时的路打道回府。雨还在不停地下，我透过玻璃窗，远远地看见电站厂房亮起了五颜六色的电灯，像天上的星星，像深山里的眼睛，更像橘树上那盛开的花朵。

融资履冰　其乐融融

彭永奎　雷登华

2004年秋天，一个细雨纷飞的日子。

总公司领导对郁江流域水能资源进行了考察。为了加快电源点的开发，壮大水电支柱产业，实现水电民营经济的跨越式发展，领导们在龙桥这里划了一个圈，决定首期开发龙桥水电站，并以此为契机，带动郁江流域水能资源的梯级开发，进而推动全州电源点的开发，将资源优势转换为发展优势。

宏图一展，一切准备工作就得精心去做。组建郁江公司、组建龙桥项目部需要做大量的工作。项目部前期工作的几个同志，硬是凭着不怕苦不怕累的精神，顶风冒雨，亲自劳作，有条不紊地把前期工作开展起来。

你看，挖掘机、装载机、大型施工设备排着长龙沿着蜿蜒的山路开进来了。随着一声声开山号子的呐喊，龙桥水电站动工了。于是，山野喧闹起来，山野沸腾了，郁江，这个千年处女不再沉睡，不再沉默。

2005年龙桥水电站前期工程动工，2007年5月首台机组要发电，这是目标工期，动摇不得。

目标工期确定了，工程施工井然有序。这时，摆在我们面前的另一项重要工作就是筹措工程资金。当时郁江公司刚刚成立，融资工作困难重重。在总公司分管领导的正确领导下，抛开白手起家的尴尬，认真研究分析以下金融经济形势：

——受国际金融危机的影响，国内银行信贷规模也相对缩减，造成中小企业贷款难。

——商业银行信贷政策不一致，有的银行对电站装机规模有严格限制不予信贷支持，有的银行项目贷款期限设置较短，达不到水电站还本付息期限，我们又不能采纳。

——商业银行为了规避风险，一般不做项目全额贷款，且项目评审资料要求不统一，这势必增加融资工作量。

——应对国家对水电投资入股宏观政策的限制条款，要做到合理合规，又要利用好国家对西部地区水电投资开发的优惠政策。

——商业银行体制改革，大额项目贷款权限上划，主要集中在省级分行和总行的特点。

——项目贷款审批后，在发放环节审核程序相对繁琐，且要落实好严格的抵押担保措施和保险。

融资工作困难虽大，但我们信心十足。通过精心组织，与多家金融机构联系，寻求理解配合，尝试新的抵押担保、以长期贷款覆盖短期借款、联合贷款等方式，耐心细致做好项目申报资料。一次不行做第二次，第二次不行做第三次，第三次不行从头再来，直到达到要求为止。工夫不负有心人，我们的努力，终于得到了中国工商银行、中国建设银行、国家开发银行、上海浦东发展银行等金融单位的支持，将龙桥水电站项目贷款融资到位，满足了龙桥水电站因工期紧对资金的特殊要求。

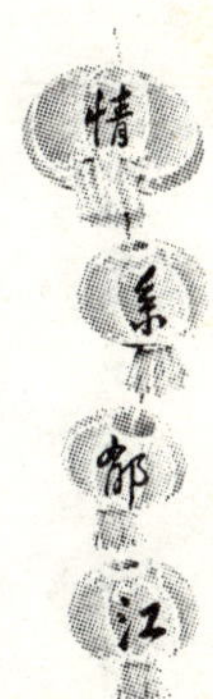

龙桥水电站主体工程尚未完工，云口水电站前期工程又上马。为了保证云口水电站工程建设资金需求，我们在总结龙桥水电站项目贷款融资的成功经验上，结合云口水电站的具体情况，分析金融形势新变化，推介郁江公司施工组织和管理优势，详细汇报郁江流域梯级开发的综合效益。通过与中国民生银行、国家开发银行、中国工商银行、上海浦东发展银行、中信银行等加强沟通，再次将云口水电站中长期项目贷款融资到位。

回眸项目融资的道路并不平坦，如同履冰，处处铺满了荆棘，但我们终于成功了，并取得了许多宝贵的经验，真让人感慨万千：

——加强对融资工作的领导。时任州电力总公司的副总经理黄力勤分管融资工作，精心策划，倾注了大量心血，几度到武汉上北京，做大量的协调工作。总经理冉启月十分关心融资工作，经常邀请银行的领导到工地察看工程进度，迫切希望银行尽快解决贷款困难，以解工程资金需求燃眉之急。

——发扬敬业精神，恩施州电力总公司多产部副主任覃红，不分节假日，经常与资料组的同志加班到深夜，在病痛未痊愈的情况下，又踏上融资的征程。

——切实做好沟通，寻求支持。在做好做细资料的同时，达到以理服人，以情动人，得到多家银行的支持。分管人员积极配合，州、市银行分管领导跑项目，效果良好，实现了银企双赢。

——加强学习，特别是要加强金融法律法规、合同法、担保法等的学习，分析金融经济形势，研究各金融机构开展的有关信贷业务。

——注重企业信用等级建设，创造宽松信用环境，为融资工作建好平台。

融资工作虽然艰辛，但我们坚信，只要有领导的重视，有金融部门的支持和协作，有工程建设的顺利进行作保证，融资道路将越走越宽阔。看到龙桥水电站和云口水电站如期建成发电，我们感到无比欣慰，其乐融融。

郁江竹

黄宗礼

滔滔郁江，源出利邑佛宝山，蜿蜒逶迤西行，倒流三千八百里，先入乌江，后汇长江，东归大海。郁江支流纵横，两岸土地肥沃，雨量充沛，气候温和，万物繁茂，尤宜竹类生长。

郁江流域盛产竹。竹以她顽强的生命力蔓延满山遍岭，使这里成了竹的海洋，竹的世界，陪伴着世世代代的土家族、苗族人民繁衍生息。这里竹子的种类很多，有楠竹、斑竹、荆竹、水竹、百家竹、慈竹、凉山竹、苦竹、罗汉竹、糍粑竹、箬竹、黑竹、油竹，等等，各具特征，用途各异。楠竹、荊竹质地坚韧，用途极广；慈竹、水竹、凉山竹质地柔韧作用最大；百家竹耐风雨日晒，适宜野外之用……

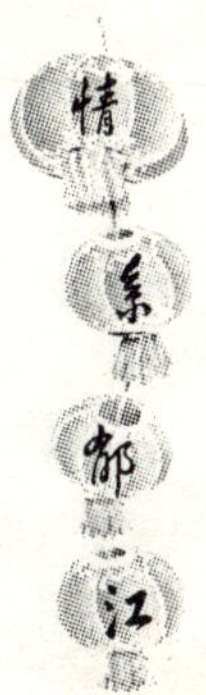

在这人杰地灵的地方，80％以上居民为土家族、苗族，他们世代居住在这片神奇的土地上，对竹情有独钟。农户房前屋后必种竹。一是配房屋风水，二是竹子的用途很广，与人们的生产生活息息相关，不可缺少。勤劳智慧的土家人民，世世代代与竹结下了不解之缘。他们把竹劈成篾块、篾条、篾丝制作成各类生产生活等器具，用篾条扭成犁扣、纤索，套在犁头上用牛耕田犁地。箩筐，是土家人用来运输和盛物的重要工具，用楠竹或荊竹劈成宽篾编织而成，它容量大，又轻便而耐用。另有一种箩筐用篾丝编成，它虽重一点，但抗撞击，经久耐磨。如果你嫌这两种箩筐大了一点，运行不便，请不要着急，还有竹篓子呢。它小巧玲珑，加上盖，小雨小雪也浸湿不了里面装的东西。更有甚者，在解放前，山民们将肚大口小的篓子糊上毛皮纸，涂上炼桐油，挑着山货去蜀地，换回所需的盐巴、棉花、蔗糖、百杂。撮箕，不单是务农人担物运肥的重要工具，在建筑业上也是功不可没。背篼，几乎天天离不开土家人的肩膀，它形式多样，用途广泛。稀篮背，打猪草、砍柴、收庄稼都离不开它，山区陡峭，爬坡上坎无它不行。郎郎（音 láng，土家族方言，称物品两端大中间小的部分）背篓，形似倒置的葫芦，做工精巧，篾细而匀，染以颜色，织出图案花纹，再熬桐油涂之，油光闪亮。姑娘小伙最喜欢，小伙子走亲爷（土家族方言，即岳父）家，里面装着肘子、糍粑、美酒、糕点，一背山歌，一背情，好不惬意！1982 年，中美联合植物考察团来利川考察，美国专家们临走时还每人买了一个带回美国作纪念呢。驼子背篼是养儿育女必备之物，小孩坐在背篼里，就会像在椅子上一样舒服，脚不麻，手不酸，凉爽透气。水竹，质柔而韧，劈成篾，编成席，在过去穷困的日子里，家家户户以它为卧具，铺在床上，夏天倒还凉爽舒适。姑娘出嫁时是必不可少的妆奁。20 世纪 60 年代，湖北省派一医疗队到利川当时的文斗仁和公社搞巡回医疗，因医德高尚，深得百姓拥护，撤离时，当地一老篾匠赠送一床席子，篾薄如布，席轻如纸，医生是折叠成方块装在提包里带走的，你可想象其工艺何等精湛！

竹床、竹椅、竹桌、竹凳，都是土家人民缺少不了的生活用品。一张竹床、一把竹椅，搁在院子里，树阴下，凉风习习，驱走暑热，多么舒畅！利川楠竹烤板椅，造型优美，工艺精良，曾参展于广交会；更有趣的是，人们将慈竹的篼挖起来，横锯成桌面，打磨光洁，那盘根错节的形态，巧夺天工，令人赞叹不已；竹筷，是土家人的餐具；竹碗，凡有小孩的人家都有，它轻便耐用，摔不坏，跌不碎；山民收割回来的稻谷、玉米等粮食都离不开晒席、挡席、簸箕、筛子；淘菜煮饭离不开筲箕，它们的前身都是竹！用根竹竿将一端劈成尺多长几片，在火焰上烤揉软再弯编成柴扒，去林子里将散落在地上的枯叶松果扒拢来，背回家烧水煮饭。老人常皮肤发痒，我奉送一具竹制搔背略表敬意；地上脏了，用竹枝扎一把“大丫扫”，扫得干干净净满室生光；新买一小猪，没有猪圈关，咋办？砍几根竹子在旮旯儿夹起来，不就是一间上好的猪圈吗！山民们将竹劈成竹涧将清冽的泉水引到自家的水缸里，引到自家的水田里；竹子还是上等的柴禾，没有电灯的时代，人们用它照明，做成火把夜以继日地工作。啊！郁江的竹子，对人类的奉献是无私的，可以说是到粉身碎骨的地步了！

关于郁江的竹子还有许多动人的佳话，春夏天小河里涨满了浑水，人们将竹篾编成鱼篓式箪扒。在河岸边被水淹没的草坪上、沙滩上，最好在和一小股清水交汇的地方，轻轻地用箪扒贴地刮起来，鱼跃童乐，满怀丰收的喜悦。拿回家打一碗鲜鱼汤，倒一杯老酒，慢慢品酌，别有趣味；用一段竹子、一截木钩、一片木块，运用力学原理，巧妙地做成“梭筒”，又叫“冲搭钩”，吊在火坑上面，钩上挂鼎罐锅子，看火势大小梭上滑下，方便自如，这是山里人的杰作啊！恐怕是利川山里人独有的炊具，别有情趣，在外地是无法看到的。

锯一节竹筒便是号角。解放前，一旦出现匪警，竹筒一吹，老百姓应声而动，拿起梭标大刀迎敌，老幼马上躲进了深山隐藏起来，让敌人屡屡扑空。用慈竹扯成竹麻，搓绳子打草鞋，山民穿着它走路干活，轻便耐磨，透气散汗，当然不会出现什么“烂趾丫”、“香港脚”；竹还可以做成尖利的刀，你别笑话，可不是供孩子们游戏的。在这里不妨向你讲述一个故事，介绍一个秘方吧。“从前一个男子得了可怕的大麻风，绝望时一位美髯公给他介绍了一个方子：将一升米装入一个大陶缸里，再捉一只硕大的癞蛤蟆放在米上，盖好盖子，七天过后，取米专喂一只鸡，鸡将米吃完后，全身羽毛脱光，成了名副其实的“肉鸡”，此时用竹刀（千万不能用金属铁刀铜刀）将鸡杀死，和腊肉炖着，给麻风病患者吃，边吃肉边喝酒边烤火，让其大汗淋漓。待汗干后，痛痛快快地冲一个热水澡，换上干净衣服，将旧衣服烧光，麻风病就好了。你说这竹刀神不神！”

郁江的竹还有许多别致的用场。利川文斗黄土的人更是匠心独运，将三根竹子和两片木块扎成一种运输工具，名为“三窝叉”。它不但轻巧，而且搁置十分方便，特别适宜于山路搬运。走累了，往地上一杵，依势靠在坎坎上，坐下来擦把汗，敞开胸膛，让凉风轻轻抚摩。歇够了，喝几口清甜的泉水，又扛着它一路山歌号子，继续漫长的路程；在没有玻璃瓶的年代，酒鬼们用竹筒运酒，就是跟头连天也摔不坏；每年端午节，山民用箬竹叶包粽粑，纪念楚国诗人屈原，馈赠朋友，增进友情。用箬竹叶制作成斗笠可遮风避雨，君曾记得“青箬笠，绿蓑衣、斜风细雨不须归”之诗句否！土家人更喜欢用糍粑招待客人。客人来了，将糯米用甑蒸熟后，倒在洗净的平石板上，便用几根糍粑竹不停击打捣杵，不多时白而亮犹如猪板油的糍粑蘸着蜜糖便送到客人手上了。每年春天或夏天，山民们上山采掘竹笋，煮熟后炒肉吃，更妙的是晒干后，炖地道的用柴火熏制的土腊肉，香气四溢，叫人垂涎三尺。能工巧匠用细细的竹篾精心编织成花轿，姑娘出嫁时坐着花轿，前面旌旗猎猎，唢呐高奏，锣鼓喧天，迤逦而行，好不热闹，令人羡慕之极。尤其是那些失恋的小伙子更是泪水夺眶，眼看着“花花轿儿抬起走，你看怄人不怄人！”望着远去的情人今成了他人之妇，嗒然若丧，痛苦万分。竹连着千家万户，竹系着喜笑哀乐，人们的生活里到处充满竹的情趣。难怪北宋的大文豪苏东坡有诗曰：“宁可食无肉，不可居无竹”了！

土家人生产生活离不开竹，文化体育同样离不开竹。竹可造纸制笔，“文房四宝”它占其二；劈两块竹片，绳子一穿便成了“莲花闹”，它是说唱艺术不可少的乐具；用竹做成箫笛，吹奏出土家人的喜怒哀乐；匠师们用竹篾扎制的狮子，眼可以转动，舌可以伸缩，嘴可以张翕，再加颜料彩绘，更栩栩如生。逢年过节婚庆寿筵舞起狮子，增添一份喜气；土家有句老话：“三十的火，十五的灯。”腊月三十晚上烧大火守岁，正月十五耍玩灯。工师们别出心裁，用竹篾绑扎成多式多样的灯，点上蜡烛，满街满院漫游，比谁的漂亮。“虾子灯”肢节灵活伸缩自如，“螃蟹灯”活灵活现，“糍粑灯笼”虽然朴素，但可以叠起来揣在荷包里，携带方便，……老父老母归天了，用竹、篾布置起庄严肃穆的灵堂；扎小巧玲珑几乎与实物无异的灵屋，让其在天国舒舒服服地居住，以寄托哀思与祝福；先生用的笔筒也是用竹做的，讲究的还要在上面雕花绣朵，糁以颜料，精采别致；节日盛会人们踩着竹制的高跷，表演节目，让人一饱眼福；有的用竹管将其镂空，嵌以铜钱，就成了铃铃作响的“莲响”，土名“花棍”。夏夜月朗风清，爷爷奶奶们打起花棍唱起古老的民歌，脸上绽出一朵花；如今学校里用竹做“爬竿”，让同学们锻炼比赛、增强体力、培养意志。竹啊，土家人民早已与她融合在一起，千秋万代永不分离！

如今，改革开放与惠农政策的春风吹绿了千山万岭之竹，郁江两岸的竹海里，水电站的梯级开发，建起了长顺水电站、龙桥水电站、云口水电站……山乡千家万户灯火辉煌，土家苗寨，乡镇农家，大街小巷五彩缤纷，早已告别了用竹篾作灯火的时代。这一来给竹的生长发展也带来了广阔的空间，你看那连山连岭的竹子，苍翠欲滴，你看那连云连海的竹子，生机盎然，它们用它坚韧的筋骨拱护着民居的高楼大厦，它们用它苍翠的绿点缀着人们的安逸生活，人与竹的关系相处得更加和谐，更加友好，更加亲密。

我爱我的郁江，我爱我的竹海，让我们世世代代永远扎根在郁江两岸吧！

赞政府协调办

舒玖轩

郁江龙桥修电站，党委政府高处看。
方方面面齐配合，迅速成立协调办。
精兵强将派一线，哪有困难往哪站。
工程需要不惧险，百姓有难总动员。
忙于企业百姓间，寒来暑往不间断。
民众之事莫怠慢，企业效益一样看。
偶遇民企矛盾生，调查研究共商谈。
苦口婆心来调解，心平气和开笑颜。
科学发展重实践，起早贪黑工地转。
征地移民亲动手，筑路引水又拉线。
龙桥精神共创建，相亲相依山河变。
提前发电见效快，工期成本省一半。
干群同心奇迹现，安全和谐人人赞。
辛勤工作为哪般，情系郁江作贡献。
处处灯火不夜天，建站顺利民无怨。
企业发展百姓富，高赞政府协调办。
郁江电业宏图展，国泰民安花更艳。

龙桥抒怀

徐昌华

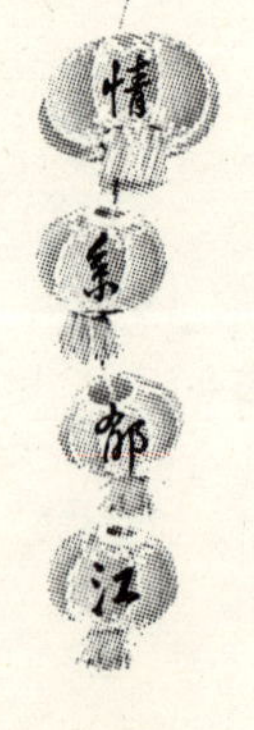

选一个阳光洒金的傍晚
站在龙桥峡谷
挑半个高点
无需刻意,你只要在微风吹散发际的时候
随手而掬,指尖便会沾满
那是土司百年前的豪情在心底渲染
也可试想,土家少年的琴心剑胆
早已凝结成神奇的龙桥石
静静颓丧在没有人烟的河谷
从幽幽河谷中飘来,有山歌微澜
先人们看青山依然故我
群山的远黛也如是看历史流泻着明天
埋没在黄土深处的窗棂
再也没有抖落岁月的烟尘
几经打捞,也无法找到原始的观念
虽风化伤残,虽流水浸染
山里妹娃的相思,仍随风在山谷中徘徊
久存于人心的真情

并没有因沧海桑田而改变
一天，巍峨的大坝在峡谷中耸立
缕缕银线，将光明从沟底牵向山外
机器的轰鸣远没有山歌号子悠扬
但龙桥人脸上写满了希望和自满
看坝体雄姿，平添一丝丝勇敢
听泄洪涛涛，让水雾扑湿双眼
看黑暗因我而死亡
看贫穷不再疯癫
手上磨起的老茧，便不再是艰难
任蓝天拂动无言的祷告
也不管群山在静谧的表象中呐喊
我们身上都荡漾着劳动者的冲动
浑身的汗渍，无疑是栽植的收获和心愿
或许，我们洗去征尘
西装革履在城市的繁华里面
但心头永远留存峡谷的影子
因为，我们为此，曾有几年
在荒芜中，我们寻找到了人生的信念

郁江水电运行工

徐继承

你们踩着晨星
从恩施的四面八方走来
你们顶着骄阳
穿行在山间道路上
为了给城乡点亮光明
你们踏着月亮的翅膀
停驻在郁江梯级各电站
不管春夏秋冬
你们每天奏响着电站华丽的乐章
那旋转着轰鸣的水轮发电机
犹如你们跳动的心脏
那漫长的引水隧洞
如穿山越岭的蛟龙
看啦
黄绿红一条条粗大的三相母线
恰似你坚实的臂膀
厂房边的水库
犹如你明亮的双眼

宽大的厂房好像你的胸膛
你们把银河里璀璨的星斗撒满山乡
铸就了今天、明天、未来的灯火辉煌
你们让家家户户都能在银屏上遨游世界各地
聆听音乐家优美的歌唱
三百六十五个日日夜夜
你们坚守在岗位上
多少个节日
你们顾不上与家人团圆
多少个假日
顾不上陪妻儿走在公园，接受温柔阳光的洗礼
你们为了电站管理规范
你们为了电站安全运行
努力完成任务
创效益保安全
你们平凡
平凡得如电站花园里的小草
你们伟大
因为你们把最偏远山乡黑夜点亮
给山民们带来新时代的新希望
还迎来了山村田野的四季芳香
在这平凡岗位上
你们永远战斗在发电第一线
生活单色彩
枯燥与你们相伴

乏味和你们共处

但你们无怨

铸成不平凡的成就，洒下辛苦汗水

但你们无悔

为利川经济的发展

默默无闻地把青春奉献

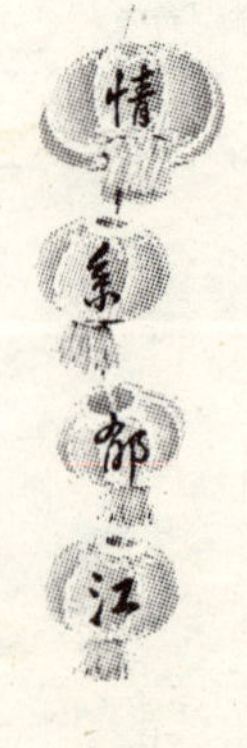

图书在版编目(CIP)数据

情系郁江/刘守钦，陈雄田主编.—武汉：中国地质大学出版社，2009.10
ISBN 978-7-5625-2418-2

Ⅰ.情…
Ⅱ.①刘…②陈…
Ⅲ.文学-作品综合集-中国-当代
Ⅳ.I217.1

中国版本图书馆 CIP 数据核字(2009)第 170212 号

情系郁江　　刘守钦　陈雄田　主编

责任编辑：周　华　　技术编辑：阮一飞　　责任校对：林　泉

出版发行：中国地质大学出版社(武汉市洪山区鲁磨路 388 号)　　邮政编码：430074
电话：(027)67883511　传真：67883580　　E-mail:cbb @ cug.edu.cn
经　销：全国新华书店　　http://www.cugp.cn

开本：787 毫米×960 毫米 1/16　　字数：316 千字　印张：16.125　彩插：40
版次：2009 年 10 月第 1 版　　印次：2009 年 10 月第 1 次印刷
印刷：恩施州献华印务有限公司　　印数：1—1 100 册

ISBN 978-7-5625-2418-2　　定价：60.00 元